Max Halbe

Eisgang

Modernes Schauspiel in vier Aufzügen

Max Halbe

Eisgang
Modernes Schauspiel in vier Aufzügen

ISBN/EAN: 9783743353282

Hergestellt in Europa, USA, Kanada, Australien, Japan

Cover: Foto ©Andreas Hilbeck / pixelio.de

Max Halbe

Eisgang

Max Halbe

Eisgang

Modernes Schauspiel in vier Aufzügen

Dresden
Verlag von Georg Bondi
1895.

Menschen.

Eduard Tetzlaff, Besitzer in Trampenhuben. Fünfziger. Hohe, aber gebeugte Gestalt. Spuren einstiger Stattlichkeit. Blondes, noch volles Haar. Nervöse Bewegungen. Eigenschaft, bald versunken vor sich hinzubrüten, bald nervös aufzufahren.

Hugo Tetzlaff, sein Sohn, cand. math. Mitte zwanzig. Groß, breitschultrig. Schwerfällige Bewegungen. Kleine graue Augen. Ausgesprochen hellblond. Anflug von Schnurrbart. Massiver Quadratschädel. Mischung von Sarkasmus und Phlegma im Ausdruck. Langsame, verstandesmäßige, halb pathetische, halb militärische Sprechweise mit öfteren Ausbrüchen sarkastischer Lebhaftigkeit.

Grete Tetzlaff, Hugos Schwester. Zwanzig Jahre. Hübsche Blondine. Kräftige, volle Gestalt. Große, kluge Augen. Zug von Schalkhaftigkeit, gedämpft durch Familienschwermut.

Peter Leidigkeit, Tetzlaffs Schwager, Rentier. Sechsziger. Untersetzte Gestalt mit bäurischen Bewegungen. Brummig. Grob, aber gegebenen Falles vorsichtig. Spricht stark Dialekt mit dumpfem O.

Amalie Leidigkeit, seine Frau. Hohe Dreißigerin. Dunkelblond. Pommys. Liebevoll mütterlicher Ton. Bemüht sich, möglichst gebildet zu sprechen. Noch annehmbares Aeußere.

Dr. Lange, Arzt in Trampenhuben. Ende zwanzig. Große, vierschrötige Figur. Ungeschlachtes Auftreten, abgeschliffen durch ärztliche Ueberlegenheit. Pflegt beim Sprechen öfters humoristisch mit den Augen zu zwinkern. Derb ungezwungener Ton mit Anflug von Dialekt. Trägt sich anständig.

Krüger, Regierungsbauführer, stationiert beim Strombau. Mitte zwanzig. Mittelgroße, gewandte Figur. Hakennase. Gedrehter Schnurrbart. Sprechweise und Aeußeres nachlässig schneidig, mit einem Stich ins Leutnantsmäßige.

Poggensuhl, erster Lehrer. Sechsziger. Weißhaarig. Wohlkonservirt. Würdiges, pastorales Wesen.

Spirck, zweiter Lehrer, beide in Trampenhuben. Zwanziger. Hager. Dunkel. Im Verkehr mit äußerlich Höherstehenden schulmeisterlich gesetzt, geschmeidig.

Frau Jagellski, Wachtbüdnerin auf dem Weichseldamm bei Trampenhuben. Vierzigerin. Rotes, sehr derbes Gesicht. Robuste Gestalt. Sehr couragiert. Spricht hochdeutsch mit westpreußischem Dialekt.

Lieschen, ihre Tochter. 16 Jahre. Hübsches naives Landkind. Blond. Früh entwickelt. Jugendliche Fülle. Lebhaftes Wesen.

Schwahn, erster Knecht. Vierziger. Mittelgroß. Kräftig. Gefurchtes Gesicht. Ehrlich biderb, mit Anflug von Schlauheit. Er, wie die andern Arbeiter tragen grobe braune Leinwand-Joppen und Hosen.

Behrmann, Knecht. Sechsziger. Gebückt, schon etwas gebrechlich. Wenig Haare. Müde, nachdenksame Haltung.

Ruttkowski, Knecht. Ende zwanzig. Mischung von polnischer Unterwürfigkeit und werderanischem Trotz. Gewohnheitssäufer. Greift dann leicht zum Messer, kann im nächsten Augenblick wieder verschmitzt zutraulich sein.

Radzimowski, Knecht. Zwanziger. Polnisches Temperament. Lebhaft, aber schnell verpufft. Spricht gebrochen deutsch.

Nielepowitsch, Losbändiger. Noch nicht zwanzig. Aufgeschossen. Stark. Vorwitzig. Steht noch halb in den Flegeljahren.

Siech, Kuhhirt. Mitte vierzig. Ein einarmiger Invalide. Militärisches Wesen. Beschränkt. Ländlicher Wunderdoktor.

Tine, Schwahns Tochter, Dienstmädchen. 18 Jahre. Derb. Voll. Verliebt.

Jaworski, Stellmacher. Hoher Fünfziger. Gebückt, aber sehnig. Grausträhniges Haar, quer über den Kopf geklebt. Trägt gewöhnlich Käppchen, blaue Schürze. Verschlossenes sauertöpfisches Wesen. Er, wie die vorstehenden Arbeiter im Dienst bei Tetzlaff.

Engelbrecht, Stromarbeiter.

Knechte bei Tetzlaff. Stromarbeiter.

Gegend an der untern Weichsel.

Zeit: Gegenwart.

Erster Aufzug.

Vorhaus bei Tetzlaff. Schwere Eichenmöbel. Langer Tisch in der Mitte. Stühle. Sopha nebst kleinerm Tisch und Stühlen links in der Ecke. Auf dem Sophatisch Papiere und Zeitungen unordentlich verstreut. Vorhaus in Form einer alten, düstern, fliesengepflasterten Halle mit niedriger Decke. Zeitgedunkelte Wände mit alten Holzschnitten und Stahlstichen. Zwei braune, altertümliche Schränke an der rechten Seitenwand, rechts und links von der Mittelthür. Mischung von Moderparfum und Modernität. Hängelampe über dem Speisetische. Von den Fenstern Aussicht auf den Garten. Garten mit alten Bäumen, zwischen denen in einer Ecke halb versteckt Grabgitter und Denksteine. Im Vorhause laub-gedämpfte Beleuchtung. Nebliger September-Tag, Vormittag.

Eduard Tetzlaff, Bauführer Krüger, Hugo und Grethe Tetzlaff am gedeckten Speisetisch. Zwei Weinflaschen, Weingläser. Im Uebrigen frugales Frühstück, soeben beendet.

———

Bauführer Krüger (sich im Stuhl zurücklegend und umblickend, während er den Rauch seiner Cigarre ausstößt). Wundervolle Eichensachen und das Alles so aus dem Handgelenk? Nach eigenem Modell? Kann mein Kompliment nicht zurückhalten. (Verbeugt sich verbindlich.)

Grethe. Ja. Sie sollen meinen Bruder erst kennen lernen, Herr Bauführer, der reine Techniker.

Bauführer (unterbrechend). Also vom Fach. Halb und Halb. Herr Kollege, freut mich ganz besonders! (Verbeugt sich wieder).

Hugo (aus seinem Nachdenken auffahrend). Glauben Sie also wirklich, daß die Regierung im nächsten Jahre mit der Stromregulierung anfangen wird?

Bauführer. Glauben, Herr? Ich weiß das. Unsere Instructionen besagen klar und deutlich, unter allen Umständen . . . Wissen Sie, was das heißt? Unter allen Umständen die Vorarbeiten für die Stromdurchlegung so zu fördern, daß das Werk im nächsten Frühjahr in Angriff genommen werden kann! Unter allen Umständen!

Grethe. Und hoffen Sie fertig zu werden? Das ist doch eine große Verantwortung.

Bauführer. Hoffen, gnä'ges Fräulein? Unter allen Umständen! Die Regierung kann sich auf ihre Beamten verlassen.

Hugo. Sind Sie einverstanden mit der Art und Weise, wie die Regierung die Stromdurchlegung plant.

Bauführer. Erlaube mir zu bemerken, daß ich die Ehre habe, hier als ausführender Beamter der Regierung zu stehen.

Hugo. Wenn nun der Strom beim nächsten Eisgang, also noch vor der Regulierung, sich ein anderes Bett durchbricht, als die Regierung ihm abstecken läßt, etwa ein Stück unterhalb, wie dann?

Bauführer. Ah, werden das zu verhindern wissen. Lassen uns damit nicht imponieren. Imponiert nur Laien.

Tetzlaff (überwacht, eingefallen, hohläugig). Was das alles für kostspielige Projekte sind! Mhu! Beinahe ertrunken sind wir im Wasser. Jahre und Jahre! Kein Hahn hat nach uns gekräht und jetzt, wo unsere besten Länder ruiniert sind, jetzt kommen die Herren vom grünen Tisch, jetzt soll reguliert werden. Auf einmal! Sie sollten mal gesehen

haben, was das für Land hier war, Herr Bauführer! Kron=
land! (Schweigen.)

Hugo (steht auf und sieht zum runden Tisch hinüber, zu
Grethe). Liegt da meine Zeitschrift?

Grethe. Die electrotechnische? Die heute Morgen kam?
Ja. Die liegt da. Willst Du lesen?

Bauführer. Ah! Sehr interessant! Also auch auf
dem Gebiete Fachmann! Alle Achtung!

Hugo (geht zum runden Tisch, nimmt das Blatt auf, schaut
hinein, kommt langsam zurück, die Zeitschrift in der Hand).

Tetzlaff (der während dessen nervös nach etwas gesucht,
holt seine Cigarrentasche heraus). Stecken Sie sich noch eine
an, Herr Bauführer? (Reicht ihm die Tasche).

Bauführer (nimmt eine Cigarre). Ah, sehr verbunden!
(Zündet sie an).

Tetzlaff (die Tasche in der Hand behaltend). Ich sag'
Ihnen, Herr Bauführer, die Kalamität mit den Leuten jetzt!
Wenn wir den Strombau bekommen. Eine Lohnverteuerung
wird das ... Meinen Sie, die Leute wissen nichts davon?
Mhu! Die wissen das besser als wir. Aeck goh to dä
Wiesselbuhte! Hä mott mi säftig Dohler tolähge to Martin!
Hä mott mi Deputat tolähge! Hä mott mi dit onn hä
mott mi dat! So geht das! Was denken Sie wohl? Sünst
blihv' äck nich! Aeck hänw dat jo vähl bähter bi dä Wiessel=
buhte. Meinen Sie, daß die Leute nicht so sprechen? Ich
kenn' doch meine Leute besser. Der vollständige Ruin,
dieser Durchstich! (Schweigt einen Augenblick, reicht dann Hugo
die Tasche). Du, Hugo?

Hugo (nimmt stillschweigend eine Cigarre, zündet sie an).

Tetzlaff (die Tasche wieder einsteckend) Ich darf ja nicht!

Grethe. Nein, Papachen, unter meiner Aufsicht

nicht! Du weißt ja, was der Herr Doktor Lange gesagt hat. Wenn der Schlaf wieder kommen soll ...

Tetzlaff (aufgeregt). Wieder?! Vielleicht auf dem Mond!

Grethe. Aber lieber Papa! (Legt ihre Hand auf seinen Arm.)

Tetzlaff (außer sich). Gieb mir Schlaf, sag' ich Dir!

Schweigen.

Bauführer (sich erhebend). Ich will die Herrschaften aber doch nicht länger.. Meinen ergebensten Dank!

Grethe (sich erhebend). Wofür denn, Herr Bauführer? Ich hoffe, Sie werden sich noch oft bei uns sehen lassen.

Bauführer. Wenn gnä'ges Fräulein gestatten! (Mit Verbeugung.) Empfehle mich allerseits!

Tetzlaff (ist aufgestanden, reicht ihm die Hand). Adieu, Herr Bauführer! (zu Hugo.) Willst Du dem Herrn Bauführer rauszeigen, Hugo?

Bauführer (Hut in der Hand). Ah, sehr verbunden! In der That komplizierte Geschichte in diesen alten Höfen! (Mit Verbeugung ab.)

Hugo (folgt ihm).

Tetzlaff (setzt sich wieder, brütet vor sich hin).

Grethe (bei ihm). Papachen, willst Du Dich nicht ein bißchen hinlegen?

Tetzlaff (aufgeregt). Laß mich! Ich hab' keine Zeit! Ich muß raus! In die Wirtschaft!

Grethe (bittend). Aber, Papachen, Du hast doch die ganze Nacht kein Auge zugemacht. Komm, Papachen, ja? (Legt den Arm um ihn.)

Tetzlaff (erhebt sich, stöhnt auf). Ach! (Langsam ab mit Grethe durch die Thür im Hintergrund).

Kurze Pause.

Hugo (tritt von rechts wieder ein, sieht sich um, geht ans Fenster, schaut versunken hinaus).

Grethe (kommt von hinten aus Tetzlaffs Zimmer, schließt leise die Thür, nähert sich Hugo).

Hugo (dreht sich um, düster). Will er schlafen?

Grethe (ebenfalls am Fenster, verzweifelt). Was wird das bloß werden, Hugo! Was war das für eine Nacht heute! Jetzt wieder dies Rumwandern, Nacht für Nacht! Hast Du Papa heute Nacht gehört? Das war mir so unheimlich! Ich glaub', er ist auch im Garten gewesen!

Hugo. Bei den Gräbern! Jawohl!

Grethe. Ach warum müssen wir auch das Erbbegräbnis im Garten haben! Doktor Lange sagt auch, das ist der reine Wahnsinn! Immer zu denken, daß die mal hier drinnen rumgegangen sind und daß man da auch mal hinkommt! (Schüttelt sich). Hoä! Und gerade für Papa!

Hugo (öffnet das Fenster, atmet tief). Er hat wohl Grund, die zu beneiden! Die im Nebel da. Die haben den Schlaf! Die halten ihn fest!

Grethe (aufgeregt). Glaub' mir, hier wird Papa nie gesund! Kaum ein Sonnenstrahl fällt ja durch! Wenn wir Papa bloß rausbekommen! Immer diese Angst, ohne ihn geht die Wirtschaft zu Grunde.

Hugo. Geht zu Grunde?! Und mit ihm? (auf und ab).

Grethe. Hugo, wir müssen dafür sorgen, Papa muß weg, wenn er auch nicht will! Denk' was der Doktor gesagt hat!

Hugo (vor Grethe stehend bleibend, versunken). Daran denk' ich. Die Voraussetzungen sind erfüllt. Die Schlaflosigkeit ist wieder da. Die Pulver wirken nicht mehr. Alles wie der Doktor prophezeit hat. Seien wir Mathematiker, liebe Grethe.

Grethe (senkt den Kopf, kämpft gegen etwas an).

Hugo. Wir werden unseren Vater nicht lange mehr haben. Mach Dich darauf gefaßt.

Grethe (krampfhaft). Ist denn keine Rettung möglich?

Hugo. Für unsern Vater nicht. Er wird nicht hinauskommen. Der Doktor hat gut vorschreiben. Die Menschen haben keinen freien Willen. (Setzt sich an den Speisetisch, die Beine übergeschlagen, den Kopf gestützt).

Grethe (erregt). Wenn er sich wenigstens schont! Wenn er nichts von der Wirtschaft sieht! Wenn er sich nicht mehr zu ärgern braucht! Wir müssen ihn von Allem fernhalten.

Hugo (achselzuckend). Fernhalten! Wenn Dich die Hoffnung trösten kann . . .

Grethe. Du sagst doch selbst, er ist so aufgebracht gegen die Leute! Er . . . Du sagst das doch selbst.

Hugo. Wir müssen wünschen, ihn fernzuhalten. Daß es gelingt, ist ausgeschlossen.

Grethe. Aber wozu bist Du denn hier, Hugo?

Hugo. Hier? Hm! Das frag' ich Dich auch!

Grethe. Mein Gott! Mein Gott! Mit wem soll man denn sprechen? Wen hat man denn! Du bist schrecklich, Hugo!

Hugo. Weil ihr Weiber die Wahrheit nicht vertragen könnt! Weil ihr Alle die Wahrheit nicht leiden könnt. Wir sind ja hier. Was willst Du mehr?

Grethe. Aber man weiß immer nicht, was man aus Dir machen soll! Man weiß immer nicht, ob man sich auf Dich verlassen kann!

Hugo. Verlassen? Hm! Du kannst Dich vollständig auf mich verlassen. Sitz' ich nicht hier und sehe zu, wie man Menschen ausbeutet und bin noch nicht weggelaufen? Hab' ich nicht meine Ideale dran gegeben, Schwesterchen? Was willst Du mehr? (Trommelt auf dem Tisch.)

Grethe (steht auf und tritt zu ihm, legt ihm die Hand auf die Schulter). Sei mir nicht bös, Hugo. Ich bin manchmal so .. (leidenschaftlich.) Ach! Man wird ja so! (Legt den Arm um ihn, leise.) Du thust mir leid, Hugo!

Hugo (humoristisch). Thu' ich Dir leid? Sieh mal an! Ich mir auch.

Schweigen.

Grethe (plötzlich). Laß uns, wie wir sind! Fahr ab! An uns ist nichts mehr zu ändern! Komm Du nicht auch noch hinein.

Hugo (aufstehend, in verhaltener Erregung). Siehst Du, das ist zu spät. Ich hätte mir **beweisen müssen**, daß ich den Mut habe. Wirf Deine Familie hinter Dich und geh' ins Volk! Ich hätte die Probe aufs Exempel machen müssen! Ich will Dir sagen, was ich mir jetzt noch bin! **Komisch** bin ich mir! (Setzt sich wieder.)

Grethe (unmutig). Weil Du Dich für Deine Familie opferst, Hugo?

Hugo. Du brauchst keine Angst zu haben! Wir kommen nicht raus! Wir sitzen fest. Wir werden unsern Skat spielen wie einer.

Grethe (horcht nach der Hintergrundsthür). Mir war doch so . . . (sich schüttelnd). Ich hab' solche Angst! (Aufspringend und zur Hintergrundsthür horchend, nach einem Augenblick tief aufatmend). Er geht! Hörst Du? Hörst Du?

Hugo (ebenfalls lauschend). Auf und ab! Auf und ab! Ruhelos! Ruhelos!

Grethe (von der Thür weg, tritt an's Fenster, atmet auf).

Hugo. Auch einer, der immer hinaus wollte und hat nicht gefunden bis auf diesen Tag! Auch einer! (Brütend.)

Grethe (am Fenster). Ach sieh' nur Hugo, wie der

Nebel zerreißt! Die Sonne kommt vor! Das wird heut ein schöner Tag!

Kurzes Schweigen.

Hugo (plötzlich sich erhebend, kräftig). Wir wollen aber noch nicht, was meinst Du, Schwesterchen? Wir wollen noch kämpfen!

Grethe (wendet sich, geht zu Hugo, nimmt seine Hand). Versuch's Hugo! Vielleicht wird's gehen!

Hugo. Wir wollen thun, was an uns ist! Wir wollen unsern Mann stehen!

Grethe. Wir beide müssen zusammenhalten, Hugo! Wir haben niemand anders auf der Welt!

Hugo. Vor allem muß die Behandlung besser werden! Wir haben die Wirtschaft energisch in die Hand zu nehmen! Wir haben viel gut zu machen!

(Die Mittelthür rechts wird langsam geöffnet. Auf der Schwelle erscheint Ruttkowski, leicht schwankend.)

Ruttkowski (an den Thürpfosten gelehnt). Aes . . dä Hahr . . . bänge . . . jonge . . Hahr?

Hugo (fährt leicht zusammen, dreht sich um). Ob wer? Der Herr? (Muß sich erst besinnen). Der Herr will schlafen, Ruttkowski. Was wird gewünscht?

Grethe (räumt währenddessen den Tisch ab, geht mit dem Geschirr hinaus).

Ruttkowski (einen Schritt näher tretend, halb vertraulich). K . . . ahn dä jonge Hahr . . . mi dat nich mohke?

Hugo. Was, Ruttkowsky? Was steht zu Diensten?

Ruttkowski (wie vorher, aber noch einen Schritt näher, dicht bei Hugo). Aeck mugd man blot . . . mihn Kind ahfmälle.

Hugo (zerstreut). So, Standesamt! Hm . . . Geburt? Tod?

Ruttkowski. Jistre oppe Nacht . . . äs dat . . . st . . . ahrwe.

Hugo. So, Todesfall! Ihr Kind? Wollen sehen. (Sucht auf dem Tisch, nach einem Augenblick zerstreut). Todes= ursache, Ruttkowski?

Ruttkowski (verständnislos). Richtig, . . . äs dat . . . von mine Fruh. Dat äs . . . onehelich.

Hugo. Woran Ihr Kind gestorben ist, wird gefragt.

Ruttkowski (gleichmütig). Ack weht jo nich . . . jonge Hahr. Dat mott all so sänne. Dat geiht to rasch . . . mät dä Kinger.

Hugo (hat überall im Vorhaus gesucht). Müssen warten, Ruttkowski. Ich kann den Schlüssel zum Amt nicht finden. Warten Sie, liegt vielleicht draußen. (Will ab.)

Spirck (tritt durch die Mittelthüre rechts ein, Geigenkasten in der Hand). Morgen, Herr Tetzlaff!

Hugo (reicht ihm die Hand). 'Tag, Spirck! Wohl und munter?

Spirck. Danke sehr, Herr Tetzlaff! 's muß gut sein. Schlecht und recht, Sie wissen ja, wie's mit'm armen Lehrer geht. Die Ferien bekommen unsereinem ausgezeichnet. Doch erlaubt, nicht wahr? (Stellt seinen Kasten auf einen Stuhl.)

Hugo. Bitte sich nicht zu genieren, lieber Spirck! Also Musikstunde? Wollen sehen, was Grethe macht.

Spirck. Ja, wenn unsereins Frau Musika nicht hätte! Das ist noch so der einzige Trost in unseren Freistunden!

Hugo (nickt Spirck zu, ab).

Spirck (geht auf Ruttkowski zu, der noch immer stumpf= sinnig dasteht, reicht ihm die Hand). Wo geiht dat, Ruttkowski? Ack häww Juch lang nich sähne. Ji sätte nu to Owend ämmer bi Neumann, här äck . . . Also dat Kind äs dot?

Ruttkowski (stumpfsinnig). Jo, Hahr Lehrer.

Spirck. Aen ähne Art äs dat villicht ganz got . . Dat äs to vähl Plog' mät dä Bälger. Dm schwak wär dat ja man.... Wannehr sahl dat Begräffnis sänne?

Ruttkowski. Aeck weht jo nich... Hahr Lehrer. Mihn Wihf mehnt oppe Dingsdag.

Spirck (mit dem Finger nach draußen deutend). Ward hä Juch Perd onn Woge gähwe tom Sarchhole?

Ruttkowski (stiert ihn an).

Spirck. Ji motte äm dat sägge. Hä mott Juch dat gähwe. Hä äs dorto vaslicht.

Ruttkowski. Hä ward... woll... nich wälle.

Spirck. Dat äs Juch glick! Ji motte dat hähwwe! Perd onn Woge mott hä gähwe. Ji ware dat Sarch doch nich oppe Puckel drohge? Dä twäh Mihl!

Ruttkowski. Drohge... d.. oh.. äck nich! Hä mott...

Spirck (winkt ihm ab). Pst!

Hugo (kommt durch die Mittelthür zurück, zu Spirck). Schwirrt sofort an. Wissen ja, Weiberarbeit in der Küche. (Zu Ruttkowski.) Kann jetzt nicht ausgestellt werden, Ruttkowski. Der Herr hat'n Schlüssel. Müssen warten, bis der Herr auf ist.

Ruttkowski (sehr vertraulich, einen Schritt näher). Kähne... Sä... mit dat nich... utschrähwe, jonge Hahr? Dä Hahr... schämbt wädder op mi.

Hugo. Schimpft? Warum, Ruttkowski?

Ruttkowski. Aeck weht jo nich, jonge Hahr. Aeck häww man 'n hahlf Quatärche nohme.

Hugo. Halb Quartierchen? Sehr gut! Jetzt abgeschoben, Ruttkowski! Und kommen Sie nachher wieder!

Ruttkowski (stramm stehend.) To Besehl, jonge Hahr! (Leicht schwankend ab.)

Hugo (hat sich halb aufs Sopha geworfen, finster). Auch ein Mensch!

Spirck. Wenn man ihn noch als Menschen aner=
kennen kann.

Hugo (sich aufrichtend). Dann soll er einer werden!

Spirck. Ja, leider! Die Rohheit ist wirklich zu groß.

Hugo. Woran liegt das nach Ihrer Meinung?

Spirck (zuckt die Achseln).

Hugo. Das will ich Ihnen sagen. Das ist einfach
die soziale Not! Das sind die Sünden der Vergangenheit!
Die kommen auf u n s e r Haupt.

Spirck. Das wollen wir doch nicht hoffen!

S c h w a h n (erscheint in der Mittelthür rechts, sieht sich um,
wichtig). Dä hochtgete Hahr häwwt woll bänge to dohne?

Hugo (sieht auf). Der Herr schläft, Schwahn. Wollen
Sie was?

Schwahn (wichtig, wie auch im Folgenden). Aeck wull
man dem Brehf fär dem Stationsassistente, wo Jahn mät=
nehme sahl. Jahn sahl noh dä. Station rihde. Dä Hahr
häwwt säggt. Dat äs wegen Ihserbohn.

Hugo. Waggon bestellen? Jawohl. Soll auf der
Stelle geschrieben werden. Wollen den Herrn nicht stören.
(Nimmt Feder und Papier.) Für morgen ein Waggon zum
Getreideverladen, nicht wahr, Schwahn!

Schwahn. Jo, junge Hahr. Fäftig Sack Witte unn
fäftig Rogge.

Schweigen.

Hugo (schreibend). Mit der Ernte zufrieden, Schwahn?

Schwahn (zweifelhaft). Dat mot ahl got sänn! Dat
wär bähter än frähre Johren.

Hugo (schreibend, zerstreut). Wie lange sind Sie nun
doch bei uns, Schwahn?

Schwahn. Opp disse Martin . . denn ward dat
drähonntwintig Johr. Dä Hahr . . dä wär dummols nich

wähl äller aß dä jonge Hahr nu. Wenn ick dat denk, wo äck mi aff Schwihnjong vamähde dähd... Aeck häww dem jonge Hahre noch oppem Arm drohgt. Dat wäht dä jonge Hahr woll nich mihr?

Hugo. Na ob, Schwahn! Wird selbstredend gewußt. (Aufsehend.) Was machen eigentlich Ihre Auswanderungs= pläne? All' die Jahre über?

Spirck (lachend). Schwahn und auswandern! Unserm Schwahn thut das doch viel zu leid. Der kann sich doch nicht von Trampenhuben trennen.

Schwahn (zurückhaltend). Dä olle Rahmel wär jähwentig Johr, aff hä utwannert äs. Dunn ging hä noch äwert Wohter, so olt aff hä wär.

Hugo. Und was ist aus ihm geworden?

Schwahn. Wädderkohme äs hä nich! Dat weht äck. Dat ward sich dohr woll ock lähwe lohte.

Grethe (kommt durch die Thür herein). Guten Tag, Herr Spirck!

Spirck (erhebt sich). Guten Tag, Fräulein Tetzlaff! (Nimmt seinen Kasten.) Dann wollen wir unser Marterholz nur rüber tragen.

Grethe. Sie müssen für heute schon entschuldigen, Herr Spirck. Wir haben soviel zu thun. Und dann möcht ich auch Papa nicht stören. Sie nehmen mir das nicht übel, nicht wahr?

Spirck. Durchaus nicht, Fräulein Tetzlaff! Dann können wir unser Pensum bis zum nächsten Mal lassen. (Verbeugt sich gegen Hugo.) Empfehle mich bestens.

Hugo. Adieu, Spirck! (Schreibt die Adresse.)

Spirck (ab, Grethe folgt ihm).

Schwahn (den Beiden nachsehend). Dat äs woll 'n Vigelinenkasten, wo dä Lehrer drohg?

Hugo. Jawohl, Schwahn! Die beiden machen Musik.

Schwahn. Dat äs 'n höllscher Kopp, onf' Lehrer!

Hugo (ist fertig geworden, giebt Schwahn den Brief).

Schwahn (Brief in der Hand). Jonge Hahr? Wär dat nich dä nihge Buhmähster, wo von Dog dohr wär?

Hugo. Der Baumeister für den Strombau, jawohl.

Schwahn (scheinbar erstaunt). J kick! dat ward also wahrhaftig wat ware! Aeck häww dat doch glick säggt! Kick mal an!

(Man hört Stimmen aus dem Mittelhaus, von rechts her. Gleich darauf stürzt Tine, laut heulend, herein, hinter ihr Grethe).

Grethe (besänftigend). Aber Tine, das wird nicht so schlimm sein, das wird wieder gut werden.

Tine (hinter der Schürze laut schluchzend). Ach ich muß starben. Hu . . u . . u! Wenn ich blos nicht staaaaa . . .

Grethe. Aber Tine, sei doch vernünftig! Wer wird denn so . . . Wo thut's Dir denn noch weh?

Tine (unverändert fortschluchzend). Huuu! Ich habe doch soviel Bluuu . . . spuckt. Das gnädige Fräulein weiß ja nich . . . Der ganze Topf wär ja voll . . aaach!

Hugo (erhebt sich vom Sopha, geht auf Tine zu). Was fehlt Ihnen denn, Tine! Haben Sie Schmerzen? Zeigen Sie mal Ihren Puls! Ich thu' Ihnen nichts.

Tine (die Hand reichend, in zärtlichem Schluchzen). Huu! Der junge Herr thut mich ja auch Nichts. Der junge Herr ist ja so guu . . .

Hugo (nachdem er, mit der Uhr in der Hand gezählt hat). Ziemlich normal! (Fühlt an ihren Kopf.) Ihr Kopf ist fiebrig, Tine. Haben Sie in der Brust Schmerzen oder sonst wo?

Tine (immer aufgelöster). Ich hab' ja so'n Weeeeeh . . . . dag im ganzen Leib. Ich werd' ja nich wieder gesuuu . . .

Schwahn (vortretend). Wat äs Di, mihn Dochter? Sägg' Dihnem Vohderke!

Tine (außer sich). Das is vom Verheven! So'n schwerer Saaaa...! Ach, ich wußt ja das gleich! Hätt ich's doch bloooß nich gethaaa... Hätt mich der Herr auch geschlaaaa....

Schwahn (aufgebracht). Aeck mott mät'm Hahre sprähke!

Hugo. Wegen Tine, Schwahn? Wird Alles geschehen, wir schicken zum Doktor.

Schwahn (immer aufgeregter). Aeck loht mi dat nich gesahle, sägg' äck Aenne!

Hugo. Sollen Sie auch nicht! Wird nicht wieder vorkommen!

Grethe. Leg' dich man jetzt ins Bett, Tine. Ich bring' dir nachher ein bischen Wein zur Stärkung.

Tine (ruhiger). Ach, liebes gutes Fräulein, ja, bringen Sie mich 'n bischen Wein. Das wird mich vielleicht helfen.

Grethe. Gewiß, Tine, den sollst Du haben, und der Herr Doktor muß ja auch bald kommen. Nun leg Dich man wieder hin.

Tine. Aach, junge Herr! junge Hee.. (Schluchzend ab).

Schwahn. Dä hochtgete Hahr mehnt woll, so'ne arme Majell äs kehn Mensch! Aeck mott mät äm sprähke! Hä mott mi dat äune Ohge sägge, wohr hä dorto kömmt, dat so'ne arme Majell Säck drohge mott!

Hugo. Ich sag' Ihnen Schwahn, das wird nicht wieder vorkommen. Nur kalt Blut! Sie müssen bedenken, der Herr ist krank.

Schwahn. Hä mott dat bi Heller onn Fennig betohle, wat dat koste deiht, bät dat Mäke wädder gesond äs. Wenn dä 'n Knaaks weg krähge deiht...

Hugo. Abwarten, Schwahn.

Schwahn. Dätt wäll wi erscht fähne! Onn wänn... Denn mott hä Entschädigungsgeller tohle.

Hugo. Recht gut und schön! Jetzt kommen Sie, Schwahn! Wollen feststellen, wie's draußen steht! Können vielleicht heut mit dem Säen anfangen. (Steht in der Thür).

Schwahn (im Abgehen brummend). To höre krägt dä Hahr dat noch! (Ab.)

Hugo (hinter ihm ebenfalls ab).

Grethe (geht wieder an's Fenster, seufzt tief auf, die Hintergrundsthür öffnet sich).

Tetzlaff (tritt in's Vorhaus, sieht sich um). Wer sprach hier? War schon wieder was los?

Grethe (geht ihm entgegen, unbefangen). Ach es war nichts weiter, Papa! Hugo sprach mit Schwahn.

Tetzlaff. Was wollte Schwahn?

Grethe. Nichts weiter! Sie sprachen nur wegen der Wirtschaft. (Sieht ihn besorgt an.) Wie geht Dir's jetzt, Papachen? Ist Dir jetzt wohl?

Tetzlaff (setzt sich müde auf's Sopha). Mir ist ganz wohl. Wie soll mir sein? Wo ist Hugo?

Grethe (sich zu ihm setzend). Hugo ging raus auf den Hof. Sie sollen doch heute pflügen. Er will Alles machen. Er will Dir die Hauptsache abnehmen. Du sollst Dich schonen, Papa. Dann wird auch der Schlaf wiederkommen. Laß das nur Alles Hugo machen. Der ist jung. Du sollst Dich jetzt hübsch zur Ruhe setzen. Am besten wär's, wenn Du nach der Stadt ziehst. Da siehst Du von Nichts und brauchst Dich nicht zu ärgern....

Tetzlaff. Ach, was hilft das Alles!

Grethe. Aber warum denn nicht? Ja, Papachen? (Sieht ihn bittend an.)

Tetzlaff (in nervöser Verzweiflung). Auf Hugo ist ja kein

2*

Verlaß! Wer weiß, wie lang' der's aushält! Der versteht ja auch von Nichts!

Grethe. Dann lernt er's. Er ist doch nicht so dumm.

Tetzlaff (wie vorher). Ja! aber bis er's gelernt hat! Das ist's ja eben! Ja, wenn man das Alles vorher gewußt hätte! Ihr habt ja keine Ahnung... Die Wirtschaft braucht einen! Eine volle Kraft! (Halb weinend.) Ach, was muß einem nicht passieren! (Springt auf, rast auf und ab.)

Grethe (ebenfalls aufstehend, schüttelt fassungslos den Kopf).

Tetzlaff (am ganzen Leibe zitternd, in abgehackten Ausbrüchen). Und jetzt!.. Ausgesucht jetzt..! Alles zusammen..! Die Ernte halb versault..! Die Leute aufsätzig..! Auf den Sohn kein Verlaß..! Keine Stütze..! Nichts! So schwach, so schwach! Man kann sich kaum haaaalten! Alles gegen einen und Nichts machen! (Bricht kraftlos auf einen Stuhl zusammen. Außer sich.) Wozu lebt man bloß noch?

Grethe (bei ihm, zärtlich). Papachen! Liebes Papachen!

Tetzlaff (auffahrend). Kannst Du mir Schlaf geben? Kannst Du mich wieder gesund machen? Wieder jung? Gieb mir bloß Schlaf! Bloß einmal Schlaf!

Grethe (gedämpft). Helfen die Pulver nicht mehr?

Tetzlaff. Ach der Doktor versteht ja auch von Nichts! Das ist ja Alles viel zu wenig! Die Dosis ist ja zu klein! Doppelt so viel!

Grethe (aufgeregt). Aber Papachen! Das ist ja....

Tetzlaff. Ich will schlafen, sag ich Dir! Und wenn ich gleich... Ich will von Nichts mehr sehen! (Stöhnt in sich hinein.)

Schweigen.

Tetzlaff (auffahrend.) Wenn ich bloß daran denken

muß .. Die Wirtschaft draußen ... auf dem Hof Alles duhn .. Dieser Schuft! Dieser Ruttkowski! Das torkelt schon wieder wie'n Schwein! Das ist ja kein Mensch mehr! (Rauft sich die Haare, gurgelnd) Was ist man bloß!... Erst aus der Welt!... Zur Last ist man sich ja!... Tot sein ist ja besser!... (Auf und ab, etwas ruhiger.) Diese Sorte! Das ist die Menschheit, mit der man zu thun hat! Das sag ich ja! Hugo mit seinen Ansichten hier! Hoach!! (Man hört von rechts schwere Schritte.)

Grethe (entsetzt.) Mein Gott! Was kommt da schon wieder?

Ruttkowski (glotzt durch die Mittelthür rechts, grinst.) Go'n Dag ock ... hochtgete Hahr!

Grethe (halb für sich). Grad' Ruttkowski jetzt! Schrecklich ist das ja!

Tetzlaff (hat Ruttkowski bemerkt, fährt auf, hält aber zurück, geht auf und ab, als bemerke er ihn nicht).

Ruttkowski (vergnügt, vertraulich zu Grethe). Dä Hahr ... äs woll bäs .. jäns Fräuleinke?

Grethe (winkt ihm aufgeregt zu, zischelnd). Gehen Sie doch Ruttkowski! Gehen Sie! Jetzt nicht!

Ruttkowski. Aeck ... doh' jo unscht nich ... Fräuleinke!

Tetzlaff (hat sich ans Fenster gestellt, sieht hinaus).

Grethe (wiederholend). So gehen Sie doch! Sagen Sie's dem jungen Herrn.

Ruttkowski (unerschütterlich). Dä hochtgete Hahr ... hämmt mi woll nich sähne ..? (Einen Schritt vor.) Hochtgete ... Hahr ...?

Grethe (verzweifelnd). Ich sag' gar nichts mehr. Laß werden, was will! (Setzt sich auf's Sopha.)

Ruttkowski (in plötzlicher Wut, am Sophatisch.) Aeck

goh nich weg! Sä motte mi dat mohke! (Plötzlich wieder unterwürfig.) Sänne Sä doch nich jo, hochtgete Hahr.... Aeck wull dat man anmelle kohme. Mihn Kind äs stahrwe . . . . Denn blimmt datt ligge! Loht dat vafuhle... mihnthalwe! (Wendet sich.)

Tetzlaff (vom Fenster auf ihn zustürzend, außer sich). Ist er noch nicht weg?

Ruttkowski (stehen bleibend, drohend). Na! Na!

Tetzlaff (wahnsinnig). Raus mit ihm! R... aus mit ihm! (Packt ihn an.)

Grethe (dazwischen). Papa!... Um Gottes willen! (Hart) Ruttkowski! Gehen Sie raus! (Rufend) Hugo! (Ab.)

Tetzlaff (auf und ab). Rühr' Er mich an! Das kost Ihm was! Ich steh hier als Beamter!

Ruttkowski (vertraulich). Hochtgete.. Hahr?

Tetzlaff (auf und ab). Dieser...! Den ganzen Morgen gefaullenzt und frech auch noch!

Ruttkowski (wie vorher). Gähwe Sä mi ä Woge tom Sarchhole... hochtgete Hahr.. jo?

Tetzlaff. Wagen? Ihm? Nichts bekommt Er! Frecher Patron!

Ruttkowski (wütend einen Schritt auf ihn zu). Ware Sä mi dä Woge gähwe oder nich?

Tetzlaff (etwas ruhiger). Ich rath' Ihm, das Er jetzt rausgeht, Ruttkowski!

Ruttkowski (sich aufrichtend). Schmiete Sä mi rut! Hier stoh' äck!

Tetzlaff. Mach' Er, daß Er rauskommt! (Vor ihm.) Wird Er jetzt, raus oder nicht?

Ruttkowski (sich duckend). Herrjene jo, äck goh' jo all! Aeck goh jo all! (Langsam ab.)

Tetzlaff (schließt hinter ihm die Thür, stöhnt tief auf, setzt sich, trommelt auf dem Tisch. Hugo kommt durch die Mittelthür, hinter ihm Grethe).

Hugo (zu Grethe). Ruttkowski ging ja schon! Wie ist Dir Papa! (Geht zu ihm).

Tetzlaff (mit plötzlichem Ausbruch). Wie wird's Dir gehen, mein Sohn! Wie wird's Dir gehen?! (Preßt den Kopf in die Hände).

Schweigen.

(Zu Hugo). Wie willst Du Dir das übernehmen? In dieser Zeit?

Hugo (bei ihm, sehr ernst). Ich will versuchen, Papa!

Tetzlaff. Sieh, wie Du durchkommst mit deinen Lehren. Du wirst's ja selbst zu tragen haben.

Hugo. Das werd ich.

Schweigen.

Siech (Knyhirt, einarmig, kommt durch die Mittelthür, bleibt stehen, zuerst unbemerkt, dann laut militärisch). Ich bin beim Herrn Doktor wäst, junge Herr!

Hugo (sieht auf, geht auf ihn zu). Kommt er?

Siech. Hä äs to Morgens weggefahren, junge Herr. Hä äs afholt mit 'm Wagen. Ich hab' dä Wittschinsche gesagt, daß se ihm sagt, daß äck dorwäst bän. Hä sahl sohrts kommen. Tin' äs krank.

Hugo. 's gut, 's gut, Siech. (Sucht ihn hinauszuschieben.)

Siech (noch im Vorhaus zu Grethe). Freileinchen!

Grethe (auf dem Sopha.) Wollen Sie noch was, Siech?

Siech (trotz Hugo näher herantretend, geheimnisvoll). Freileinchen, soll äck Tin besprechen?

Tetzlaff (der solange achtlos dagesessen hat, sieht auf). Was ist denn mit Tine? Ist Tine krank?

Schweigen.

Grethe. Tine? Ach wo! Gehen Sie man, Siech. Ich komm schon. (Steht auf.)

Siech. Schön, schön, Freileinchen. (Will ab.)

Tetzlaff (aufspringend). Was ist denn los? Was ist das für ein Gezischle und Gethue?!

Hugo (der solange auf und abgegangen ist). Tine hat Blut gespuckt, damit Du's weißt. Deswegen muß der Doktor kommen.

Tetzlaff (erstaunt). Tine hat Blut ... Was ist denn das schon wieder!? (Verzweifelt.) Nein! ... Nein!

Hugo (giebt Siech einen Wink; Siech ab).

Tetzlaff. Wo hat sie sich denn das wieder geholt?... Wo liegt sie denn? In der Kammer? Wollen doch mal sehen.

(Man hört von hinten Siech's Stimme, der eine andere laut widerspricht. Letztere kommt näher.) Dat äs mi glick, dat sahl hä häre!

Grethe (zu Tetzlaff, angstvoll). Papa, geh' in's Zimmer!

Hugo (stellt sich in die Mittelthür, wie um den Eingang zu versperren).

Tetzlaff. Ist das nicht Schwahn? Was will der!

Grethe (aufgeregt). Papachen, geh in's Zimmer! Thu mir den Gefallen! (Will ihn hineinzuziehen.)

Tetzlaff (aufgeregt). Laß mich, sag ich Dir! Bin ich denn nicht mehr Herr in meinem Haus? Ich werd' doch vor meinen Leuten nicht Angst haben!

Schwahn (an der Thür durch Hugo zurückgehalten). Dohr steiht hä! Lohte Sä mi dorch, jonge Hahr!

Tetzlaff (zu Hugo). Laß ihn durch! (Außer sich.) Laß ihn durch! sag' ich! Ich befehl's!

Hugo (tritt achselzuckend zur Seite).

Schwahn (tritt barsch ein, angetrunken). Aeck mott dorch, sägg' äck!

Tetzlaff. Hier steh' ich. Was wünscht Er?

Schwahn (barsch, aufgebracht). Dat war äck Aenne fäggc! Sä häwwe mihn Kind rujenährt, wehte Sä dat! (Tritt an ihn heran.) Mohke Sä mi mihn Kind wädder gesond!

Tetzlaff (an sich haltend). Ich weiß nicht, was Er von mir will! Ich bin für Sein Kind nicht verantwortlich.

Schwahn. Nich verantwortlich? Ober Säck' drohge lohte . . . dat kähne Sä, nich? . . Mihn Kind äs nich tom Säckdrohge! Dorto häwwt sä sich nich vamähd! Dat ward Aenne dihr to stohne kohme!

Tetzlaff (zurückhaltend). Mäßige Er sich, Schwahn! Er kann sich nicht beklagen!

Schwahn. Pu! . . . Drähonntwintig Johr' sänn äck bi Aenne äm Dehnst wäst! Aeck häww' mi ahsmaracht, dat mi dä suhre Schwehs rungerlohpe äs! Onn worto häww äck't brocht? . . . Vom Schwitzujong tom Knecht! Onn mihne Majell mott Säck' drohge! . . . Päää!

Tetzlaff. Ich kann mit Ihm darüber nicht verhandeln. Verklag' Er mich, wenn Er will.

Schwahn. Vaklohge? Jawoll! Dat war wi ock! Sä mehne woll, wihl Sä Besätzer sänn' onn äck man blot'n Arbehtsmann . . . Rächt äs Rächt! . . . Sä sahle mol sähne, wohr sä noch Lihd' herbekohme! Mehne Sä, bi Aenne bliwwt ähn Mensch! . . . Dat ward nu anners! Dat geiht nu Alles tom Fiskus! To de Wiessel! Dat ward nu anners!

Tetzlaff. Geh Er doch. Ich halt Ihn nicht! Warum ist Er nicht längst gegangen?

Schwahn (ruhiger). Hochtgete Hahr, äck sänn ämmer opp Aenn' Aehre Sihd' wäst! Aeck häww' ämmer säggt, wenn mihne Kamraden opp Aenne schämpt häwwe... denn häww' äck säggt, hä äs nich so schlämm, aß hä utsitt. Ober wenn Sä dat nich änsähne...

Tetzlaff (hart). Ich seh nichts ein! Ich bitt' Ihn nur mich in Ruh' zu lassen! Wir beide sind fertig!

Schwahn. Got! denn känn' wi so wiht! Wi behöbs häre nich mehr tohp! Denn war' äck gohne!

Tetzlaff. Gut! Er kann gehen. Ich werd Ihm morgen seinen Losschein aushändigen. Versuch Er's beim Fiskus, wie's ihm da gefällt!

Schwahn. Acck bim Fiskus? Nä, hochtgete Hahr, so wäll wi nich! Wäbber Knecht spähle onn mi befehle lohte? Nä! Denn kunn wi man blihwe! Nä! Nu wäll wi mol sähne, wat dä olle Rahmel uträcht' häwwt... dohr jennsid' Wohters!

Schweigen.

Tetzlaff (setzt sich auf einen Stuhl, stöhnt auf). Ganze 23 Jahre. Keinem Menschen trauen! Keinem... Menschen! (Steht auf, gebeugt, zusammengefallen und geht langsam in sein Zimmer.)

Grethe (die solange auf einem Stuhl gesessen, steht auf und geht ihm nach.)

Hugo (der während des Gesprächs schweigend am Fenster gestanden hat, stützt den Kopf in die Hand).

Schweigen.

Grethe (kommt wieder zurück). Ich soll raus. Papa will allein sein, was meinst Du?

Hugo (versunken). Laß ihn. Solch ein Abschied von einem ist nicht so leicht.

Grethe (setzt sich zu Hugo aus Fenster). Ich kann mir garnicht denken, daß Schwahn wirklich geht. Was ihm nur in den Kopf gefahren ist. Er hat doch wie zur Familie gehört.

Hugo (aus seinen Gedanken auffahrend). Was das an= betrifft .. in den Kopf fahren, meine Liebe! .. Das wird noch Vielen in den Kopf fahren! Bis schließlich keiner mehr da ist, der's nicht im Kopf hat.

Grethe. So in's Blaue sein sicheres Brot aufzu= geben .. Nach Amerika ...!

Hugo. Der Mann will keines anderen Mannes Knecht mehr sein. Der Mann hat Recht!

Grethe. Ja! aber was soll dann werden? Wer soll dann arbeiten? Das muß doch zum vollständigen Ruin für uns führen.

Hugo (triumphierend). Für Uns! Siehst Du? Da haben wir's! Das ist der Punkt! Weißt Du jetzt mein Schwesterchen, warum unsere Situation unhaltbar ist?

Schweigen.

Hugo (langsam, feierlich). Das ist der Gründe letzter, warum unser Vater nicht schlafen kann und nie mehr schlafen wird.

Grethe (starrt vor sich hin).

Hugo. Bis zur Erlösung!

Grethe (aufgeregt). Du bildest Dir das bloß ein, Hugo! Das wird ... das ... Das kann nicht so schlimm sein!

Hugo. Machen wir uns keine Illusionen! Unsre Sache steht absolut hoffnungs=los. Wir werden zermalmt werden ... und das wollen wir auch wünschen.

Grethe (außer sich). Du bist verrückt, Hugo!

Hugo. Das wollen wir auch wünschen, sag' ich. Und wollen uns freuen, daß wir das noch wünschen können!

Schweigen.

Grethe (plötzlich). Wenn ich nur einen Weg wüßte, daß Du herauskommst, Hugo!

Hugo. Gieb Dir keine Mühe. Wir sitzen fest. Wir werden kämpfen! (Humoristisch.) Gegen unsere Ideale, so lange wir's aushalten.

Schweigen.

Grethe (schaudernd). Was das für ein Sturm geworden ist? Wollen das Fenster zumachen! Mir ist so... (Wendet sich zum Fenster, erschreckt.) Ha! Da geht Papa! Bei den Gräbern... Was er da nur wieder sucht?!

Hugo. Seine Jugend, Schwesterchen! Unser Vater besucht seine Zeitgenossen.

(Man hört Thürenschlagen.)

Grethe (fährt zusammen). Ach! Dies Thürenschlagen... (Leise.) Weißt Du noch Hugo? Das war auch so'n Tag! Das Thürenschlagen erinnert mich so...

Hugo (düster). Als unsere Mutter starb! Jawohl!...

Grethe. Wie lang das schon her ist! Drei Jahre! (Sinnt vor sich hin.)

Schweigen.

Grethe (wischt sich eine Thräne aus den Augen, erhebt sich). Ich will mal sehen, was Tine macht. (Ab durch die Mittelthür).

Hugo (einen Augenblick allein brütend, dann)

Tetzlaff (durch die Mittelthüre links vom Garten her eintretend, seltsam ruhig, fast feierlich.)

Augenblickliches Schweigen.

Tetzlaff. Die Herbststürme fangen dies Jahr früh an.

Hugo. Du warst im Garten, Papa?

Tetzlaff. Ja! Ich sah mir den Stein von Eurer Mutter an. Die Buchstaben müssen nächstens neu vergoldet werden.

Schweigen.

Tetzlaff (gedämpft). Bist Du entschlossen, wirklich zu bleiben, Hugo?

Hugo. Ja. Ich werde bleiben, Papa.

Tetzlaff. Du wirst wohl auch müssen, wenn ich mal nicht mehr sein sollte. Du kannst das Grundstück nicht so im Stich lassen, wo Deine Eltern gelebt haben. Denk' auch an Deine Schwester.

Hugo. Ich denke an Alles, Papa. Ich bleibe schon, Du kannst Dich auf mich verlassen.

Tetzlaff. Wenn ich mal nicht mehr sein sollte... Es wär. ja möglich. Halte Dich an Deinen Onkel. Du weißt ja... Der wird Dir vielleicht manches helfen können.

Schweigen.

Tetzlaff. Versprich mir, daß Du aushalten wirst, Hugo.

Hugo (giebt ihm die Hand). Ich werde aushalten, so lange ich kann. Das verspreche ich Dir.

Tetzlaff. Du wirst es schwer haben. Ich will Dir nicht den Mut nehmen. Aber Du wirst es schwer haben.

Schweigen.

(Beide sehen sich verständnisvoll an).

Tetzlaff (ruhig). Ich will mal sehen, ob ich schlafen kann. Ich will mal mehr nehmen.

Hugo. Nimm nicht zu viel, Papa!

Tetzlaff. Ich will schlafen! Weiter nichts. (Wendet sich).

Hugo (zum Fenster, preßt den Kopf krampfhaft gegen die Scheiben).

Tetzlaff (steht einen Augenblick in der Hintergrundsthür zu seinem Zimmer, mit einem Blick ins Vorhaus, dann geht er langsam hinein).

Grethe (kommt durch die Mittelthür, sieht sich um). Ist Papa noch im Garten?

Hugo (dreht sich um, legt den Finger an den Mund, dunkel). Unser Vater will schlafen.

Grethe (gedämpft). Ja? Ach! Das wär'...

Hugo (wie vorher). Ich glaube, er wird schlafen.

Grethe (aufatmend). Vielleicht erholt er sich wieder. (Seufzend.) Ach! Mit Tine bin ich gar nicht zufrieden. Sie fiebert noch immer! Ach! Ist das ein Leben! (Sinnt vor sich hin.)

Hugo. Fiebert noch immer? Wollen doch sehen! Hoffentlich kommt der Doktor bald! (In der Mittelthür erscheint) Siech (mit geheimnisvollem Gebahren.) Junge Hahr!

Hugo (Finger auf dem Mund, nach dem Hinterzimmer deutend.) Pst! Was wollen Sie?

Siech (noch gedämpfter.) Ich mein man bloß, junge Herr, ob wir ihr nich doch bespreche wälle? Dat geiht nich got mät der!

Hugo. Wollen uns nicht lieber auf den Doktor verlassen, Siech? Scheint mir doch sicherer.

Siech (mißtrauisch). J, der Doktor, wissen Sä, junge Herr, ich glaub nich, daß sä durchkömmt.

Grethe (erschreckt). Warum denn nicht?! Reden Sie doch nicht so, Siech!

Siech (gespenstisch). Mihn Hond, dä Vox, hat heut' Nacht 'ne Leich' gesehn, Freileinchen.

Grethe (nervös). Ach...!

Siech (überzeugt). Ganz gewiß, Freileinchen. Das können Sie mich ganz gewiß glauben. Wat dä Hond gehuhlt onn gehuhlt häwwt opp disse Nacht! Dat äß gewäß, mihn Vox häwwt der Tin' jähne!

Hugo. Wohl einer von den großen Propheten? Ihr Vox?

Siech (stolz). Dä? Dä weht mehr, aß alle Doktors tohpnohme! Dä häwwt Menschenverstand!

Hugo. Wollen erst sehen gehen, was Tine macht.

Grethe (horchend). St!... Alles so still! Vielleicht schläft er wirklich. (Thürenschlagen, Grethe fährt zusammen.) Ach Gott, diese dummen Thüren! Papa wird noch aufwachen.

Hugo (starrt in tiefen Gedanken zur Thür).

Siech (zu ihm tretend). Junge Herr ... ich hab auch gar kein Toback mehr!

Hugo (fährt erschreckt auf). Und ..?!

Siech. Mucht mich dä junge Herr nich 5 Pf. to Toback geben?

Hugo. Sollen Sie bekommen. Kommen Sie, Siech. (Alle drei ab. Grethe noch mit einem letzten Blick zu Tetzlaffs Zimmer. Nach kurzer Pause kommt durch die Hausthür links)

Dr. Lange (vom Garten her, sieht sich um, halblaut murmelnd). Nanu? Alles so still? Niemand da?? (Besinnt sich einen Augenblick, dann durch die Mittelthür rechts ab.)

Pause.

(Dann hört man hinten eine grölende Stimme sich nähern. Man unterscheidet Töne im Schnapsbaß) Heil Köönig Dir! (Gleich darauf erscheint in der Mittelthür betrunken)

Ruttkowski (vergnügt johlend). V a a t e r des ... Vaterlands ... heeil .. Köönig .. Dir. (Schwankt hin und her, sieht sich um.) Aes dä Hahr nich dohr? (Schreit laut.) Hochtgete Hahr! Hochtgete Hahr! (Nähert sich der Hintergrundsthür. Stützt sich an die Wand. Momentanes Schweigen. Dann wieder lallend.) Sä .. motte ... annähme. (Man hört eilige Schritte von rechts.)

Ruttkowski (horcht an der Thür zu Tetzlaffs Zimmer, dann sehr laut). Hochtgete Hahr ... äck ... sän ... nächtre ... (Lacht, taumelt dabei gegen die Thür. Die Thür geht auf, Ruttkowski taumelt hinein. In der Mittelthür rechts erscheint Hugo, sieht entsetzt Ruttkowski drin verschwinden, eilt ihm nach. Man hört drinnen Stimmen. Einen Augenblick Alles still. Plötzlich Ruttkowskis grölende Stimme von drinnen.) Dä .. Hahr .. äs jo .. dot!

(Gleich darauf stürzt Hugo aus dem Zimmer, durch's Vorhaus rechts hinaus.)

Ruttkowski (schwankt aus dem Zimmer heraus, stiert stumpfsinnig vor sich hin, schluchzt plötzlich entsetzt auf). Ons hochtgete Hahr äs dot! ...

Vorhang.

Zweiter Aufzug.

Vorhaus bei Hugo Tetzlaff wie vorher. Sonniger Oktober=Nachmittag. Melancholisches Herbstlächeln. Bäume des Gartens halb entlaubt. Ein paar schräge Sonnenstrahlen lugen schalkhaft verstohlen ins Vorhaus. Beleuchtung einige Nuancen freundlicher als vorher. Ein leiser Schimmer, wie Nachglanz ferner Jugend, umspielt die alten Holzschnitte an den braunen Holzwänden. Manchmal hört man Peitschenknallen ausfahrender oder heim=kehrender Arbeitswagen. Während der folgenden Gespräche sinkt langsame Dämmerung.

Frau Leidigkeit und Grethe Tetzlaff am Sophatisch. Beide in Trauer.

Frau Leidigkeit (mit einer Häkelarbeit beschäftigt, ge=sprächig). Ja, Ja! Hugochen wird das ein bischen schwer werden, bis er sich so ganz hinein arbeitet. Wenn man das so anders gewöhnt war, in Berlin . . .

Grethe (vor einem Buch, still, gedrückt). Der arme Hugo! Ich glaub', er hat sich seine Zukunft auch anders vorgestellt.

Frau Leidigkeit. Ich weiß wirklich nicht, was Du willst, Grethchen!

Grethe. Red' mir nichts, Tante! Hugo hat sich für mich geopfert.

Frau Leidigkeit. I, aber wenn auch, Kind! Hugo kann froh sein, daß er das schöne Grundstück hat. Sein

eigener Herr... Was will er mehr? Statt sonst...?
Wie lange hätte er sonst noch laufen können? Er wird
nochmal Gott danken...

Grethe (seufzend). Ja! Ja!

Frau Leidigkeit. Das glaub' mir nur, Kind, das wird
er auch. Ich kenn' die Welt besser als Du. Nein! Aber
wer sich opfert.. Das will ich Dir sagen, Kind! Dein
Onkel opfert sich.

Grethe (schweigt und sieht vor sich).

Frau Leidigkeit. Grad' in der schönsten Reise! Nein!
Aber auch das! Den Tag vergess' ich in meinem ganzen
Leben nicht! Grad' in Riva, in unserm Hotel am See..
Da muß das... Nein!.. Wie wir das Telegramm
aufmachen... Ich denk' ja, ich krieg' den Schlag.. Ich
flog ja am ganzen Körper! Peter mußte mir auf der
Stelle eine Sifone bestellen. Das ist da so eine Art Selter=
wasser, aber doch ganz anders. Ja! und weg ging's...
Ach! und der See war so blau.. so himmlisch blau,
sag' ich Dir. Aber natürlich, Pflicht geht über Ver=
gnügen... Da ist Peter nun.. (mit Geste) Pflicht...
Oh! (herzlich) Na und es war ja auch sehr gut, daß wir
kamen.

Grethe (hat sich auf den Stuhl am Fenster gesetzt, schaut
manchmal verloren hinaus, mechanisch) Gewiß, Tantchen,
gewiß! Wir danken Euch ja auch sehr.

Frau Leidigkeit (zusammenfahrend). Gott, nein! Dieses
Peitschengeknall, wie das meine Nerven beleidigt!
Rohe Menschen sind das doch hier! Ja, ich muß Dir
doch sagen, Kindchen, Hugo ist doch noch recht unerfahren.

Grethe. Wundert Dich das, Tante? Er thut, was
er kann.

Frau Leidigkeit. Ich maße mir ja natürlich kein

Urteil darüber an. Aber Onkel, der doch so viele Jahre selbst sein Grundstück gehabt hat. Wenn der selbst sagt, gegen diese rohen Menschen hier ist im Guten nichts zu machen . .

Grethe. Hugo hat nun mal seine Ansichten.

Frau Leidigkeit. Ja, eben seine Ansichten! Bei aller Liebe für Hugo . . Ich will Dir sagen, Kind . . Hugo ist 'n bischen überspannt. Jawohl Kind, mit seinen Ideen! . . Und darum ist für Hugo das Beste, wenn er jetzt heiratet. Eine vernünftige Frau kann viel bei ihrem Mann. Das wird das beste Mittel sein, ihm seine kleinen Schrullen zu legen, dem lieben Jungen.

Grethe. Ich glaub' nicht, daß Hugo jetzt heiraten wird. Hältst Du die Zeit auch für sehr passend, liebe Tante?

Frau Leidigkeit (überlegen). Die Trauer warten wir natürlich ab. Soviel Takt kannst Du mir schon zutrauen, Kind. Nein, ich meine, man kann die Sache doch immer vorbereiten. Wir müssen für Hugo eine reiche Frau suchen.

Grethe. Also Hugo soll sich richtig verkaufen?

Frau Leidigkeit (überlegen, wohlwollend). Aber Grethchen, Du übertreibst doch auch gleich! Kein Mensch verlangt, daß Hugo sich verkaufen soll. Natürlich soll er eine Frau heiraten, die er liebt. Was ist das Leben ohne Liebe? Nein! gewiß . . aber . . (achselzuckend.) Für Hugo eine Frau ohne Geld . .?!

Grethe (schweigt).

Frau Leidigkeit. Du mußt nicht vergessen, liebes Kind, Ihr braucht Geld auf Euer Grundstück. Und das will ich Dir nur gleich sagen, mein liebes Kind, Onkel kann nichts mehr geben. Von Onkel erwartet nichts mehr. (Gerührt.) Der arme Peter opfert sich schon genug . .

Schweigen.

Grethe (plötzlich). Das will ich Dir auch sagen, Tante, ich werde mich nicht verkaufen.

Frau Leidigkeit (legt die Hand auf ihren Kopf). Ach, Du kleiner Trotzkopf Du! Dafür laß Du uns ältere Leute nur sorgen. Ach was schwärmt man nicht als junges Mädchen. Wenn's nachher ein bischen anders kommt...

Peter Leidigkeit und Hugo Tetzlaff treten durch die Mittelthür rechts ein.

Leidigkeit (eifrig auf Hugo einsprechend). Das is jo alles ganz gut. Aber georbeit' wird nich mehr holb soviel oß früher, das konn ich Dich man sogen. Zu meine Zeit...

Hugo (phlegmatisch, sarkastisch). War das alles ganz anders, jawohl!... Sehr gut!

Frau Leidigkeit (sich erhebend und auf ihren Mann zugehend). Männchen!... Nun was machen die Rüben?

Leidigkeit (setzt sich, nachdem er seinen derben Stock hinter den Schrank gestellt hat). J, das verdommtige Zeug will jo nuscht nich bringen. Da is jo mehr Unkraut, oß... oß Rüben. Unn denn.. was da is.. das braucht jo Tog' unn Tog', bis das weg is.. Da will jo niemand nich orbeiten von dem Pack. (Zu Grethe, die schweigend am Fenster steht.) No, was stehst Grethe? Konnst nich was thun?

Frau Leidigkeit (neben Männchen auf dem Sopha, wieder mit ihrer Häkelarbeit beschäftigt). Komm, Kindchen, nimm 'n bischen das Häkelzeug! Häkel 'n bischen! Du solltest wirklich ein bischen mehr Handarbeit machen, Grethchen! Onkel hat Recht.

Leidigkeit (Grethes Buch umschnüffelnd). Host wieder gelesen?

Grethe (bleibt ruhig am Fenster stehen). Ja, Onkel, ich hab gelesen!

Leidigkeit (brummig). Konnst auch was Besseres thun!

Hugo (hat seinen Hut auf den Tisch geworfen, läßt sich auf einen Stuhl am Fenster neben Grethe fallen). Wenn Du so fortfährst, Grethe, kannst Du noch ganz vernünftig werden.

Grethe. Das hoff' ich auch, Hugo.

Leidigkeit (brummig). Jo, sotz' ihr man solche Ideen innen Kopp!

Hugo. Jawohl! Wird mir zum besondern Vergnügen gereichen.

Leidigkeit. Sollen woll Alle so vorrückt werden, oß Du?

Hugo (humoristisch). Zu Befehl! Kann mir nichts besseres wünschen!

Leidigkeit. Deine eigne Schuld is, wonn die Leute nuscht nich mehr orbeiten.

Hugo. Meine Schuld? Hm! ... Zu viel Ehre für mich. Sind schon von allein klüger geworden.

Frau Leidigkeit (liebevoll). Hugochen! Nimm doch etwas Rücksicht auf Deinen Onkel. Er ist doch ein älterer Mann wie Du.

Leidigkeit. Das gilt nu nuscht nich mehr, Omolie.

Hugo (müde). Wollen Frieden schließen, Onkel! Ob auf Deine Weise oder auf meine Weise ... In den Dreck fährt die Karre doch. Höchstens auf Deine Weise noch um 50 Prozent schneller!

Leidigkeit. Dunsinn olles!

Hugo (unerschütterlich). 50—60 Prozent schneller nach mäßiger Berechnung. Auf meine Weise geb' ich den Leuten doch wenigstens eine anständige Behandlung, wenn ich Ihnen auch sonst nichts geben kann. Auf Deine Weise ... Was sollen die Leute sagen, wenn sie um diese Zeit noch mit den Rübenfuhren nach der Fabrik müssen? Das macht böses Blut und das haben wir garnicht mehr nötig mit Rücksicht auf die sonstige Stimmung.

Leidigkeit. Unsinn, sog' ich! Alles Unsinn! Die Leute denken nich dron! Wenn man nich die Aufhetzer wören! Du host auch Schold! Wenn ich dem Pferd die Kontbor' nich anzieh', geht's auch dorch. Die Aufhetzer sind's, sog' ich! So'ne öß der Spirck! So'ne giebts viele.

Grethe. Was ist mit Spirck?

Leidigkeit. Du kannst dich auch man schämen, mit so 'nem Menschen.

Frau Leidigkeit. Nein! aber sag' doch Männchen! Ist denn was passiert? Was Neues? Nein, sag' doch!

Leidigkeit. Vabotne Schriften hot er gelesen! Aufgehetzt hot er!

Frau Leidigkeit. Nein! Dieser Mensch! Was Du sagst?! Aber sowas!

Grethe. Der arme Mensch! Was wird nun mit ihm werden? Wie ist denn das rausgekommen?

Leidigkeit. Wo das rausgekommen is? Angezeigt worden is er. Der Schulänspekter is all dagewesen! Abgesetzt wird er!

Frau Leidigkeit. Nein so ein schlechter Mensch! Und ein Lehrer! (Schüttelt mit dem Kopf.) Wie der die kindlichen Gemüter vergiftet haben mag! Gott Lob und Dank, daß er jetzt wenigstens nicht mehr in dieses Haus kommen wird.

Hugo (sarkastisch). Weißt Du ja nicht, Tante! Vielleicht setzt Grethe ihre Musikstunde fort!

Leidigkeit. Dann fohren wir ob, Omolie.

Frau Leidigkeit. Hugo! Sei doch ein vernünftiger Mann! Nimm doch den Menschen nicht noch in Schutz. Schäm Dich doch vor diesem Haus, in dem Deine Eltern gelebt haben, wenn Du sonst keine Gebote mehr kennst.

Hugo. Gebote ist gut! Hast recht, Tante! Spirck

rennt nur offene Thüren ein. Die Sache kommt schon von selbst. Laß nur erst die Strombauten anfangen.

Leidigkeit. Dummheit! Deine Strombauten!

Hugo. Dummheit! hm! Werden vielleicht manchen klug machen! Lohnsteigerung! Verkürzte Arbeitszeit .. Dann werden wir nicht mehr 14 Stunden arbeiten lassen, verehrter Onkel! Berechnen wir den Ausfall mit 2—3000 Mk. jährlich, sind wir gnädig. Reicht aber für uns schon immer aus. (Macht eine strangulierende Geste.)

Leidigkeit. Vorrückt bist! sog ich Dir! Weiter nischt!

Hugo (sarkastisch). Verrückt? Jawohl! Liegt wahrscheinlich in der Familie! Passierte ja schon unserem Vater. Haben also die gleiche Perspektive!

Schweigen.

Frau Leidigkeit. Hugochen! Beherzige meinen treugemeinten Ratschlag. Heirate! Heirate ein wohlhabendes Mädchen, die Dir etwas Geld mitbringt! Die Du gern hast.

Leidigkeit. Omolie hot recht, Geld is immer zu brauchen!

Hugo. Bedank' mich bestens! Mühlstein gefällig? Haben schon genug an unsern.

Leidigkeit. Onnsinn! Geld brauchst! daß das Grondstück holten konnst! Denkst woll, bei ons is Lodwigen sein großes Portmonnäh? Nuscht giebts! Seh', wo Du fortkommst! Du host's! Du mußt's holten!

Hugo. Damit die Hypothek hübsch sicher bleibt? Nicht wahr? Darum mich verkuppeln lassen? Schönsten Dank!

Leidigkeit (aufgebracht). Worum host's denn genommen? Ich thot's nich nehmen, wenn ich so denken thot! Ich thot's teilen mit Deine Sozioldemokroten!

Hugo (schweigt).

Leidigkeit (aufstehend). Dommheit! Verdommtige! Donnerwetter soll reinschlogen! (Durch die Mittelthür rechts ab.)

Frau Leidigkeit (ebenfalls auf und ihm nach). Aber Peterchen! Männchen! Aerger Dich doch nicht! (Rufend.) Peterchen! (Ab.)

Schweigen.

Hugo (steht auf, reckt sich, verbissen). Ach! Soweit sind wir also schon! (Geht auf und ab.)

Grethe (steht am Fenster, starrt in den dämmernden Garten).

Hugo (auf sie zukommend). Soweit sind wir also schon, sag' ich Dir, daß wir uns verkuppeln sollen und daß uns das nicht mehr besonders wunderbar vorkommt.

Grethe (dreht sich um, verzweifelt). Ich halt's nicht mehr aus, hier!

Hugo. Nächstens kommst Du an die Reihe, Schwesterchen!

Grethe (außer sich). Wenn das unsere Eltern wüßten! (Dreht sich zum Fenster, preßt den Kopf gegen die Scheiben.)

Hugo (wieder auf und ab). Unsere Eltern? . . Die werden sich ihren Schlaf nicht stören lassen! Das müssen wir mit uns selbst ausmachen! (Horcht.) Abendläuten! Hörst Du? Dann hat das Lied ein End'!

Schweigen.

Grethe (krampfhaft). Ach! Warum müssen wir so sein? Warum sagen wir nicht einfach: geht! geht! wir kümmern uns um keinen Menschen! wir sind frei! Wir . . Ach! (Läßt den Kopf sinken.)

Hugo (vor ihr). Warum? Warum? Hm! Warum sind wir nicht 100 Jahre jünger?

Grethe (aufschnellend). Du auch! Du bist auch immer so! Warum spiegelst Du Dir immer das Schlimmste vor? Warum muß immer das Schlimmste kommen? Warum sagst Du nicht, wir . . . Ach! . . (sinkt auf den Stuhl zurück.)

Hugo. Weil ich meine Gründe habe!

Grethe (verzweifelnd). Wenn die Strombauten für uns schlecht sind, dann laß doch nicht gebaut werden.

Hugo. Das werden wir nicht hindern können, und... wollen's auch nicht hindern. Keine Versuchung! Das haben wir begraben! (Deutet nach draußen.)

Grethe (stützt den Kopf aufs Fensterbrett).

Schweigen.

Grethe (aufspringend). Gut! Dann laß gebaut werden! Dann laß kommen, was will. Dann wollen wir uns auch um nichts mehr kümmern! Wenn wir doch untergehen sollen, dann wollen wir wenigstens frei sein. Dann soll uns niemand mehr was sagen in unserm Haus! Dann... (Ballt krampfhaft die Fäuste.)

Hugo (geht langsam zur Hintergrundsthür, dreht sich noch einmal um). Dann wollen wir untergehen! Jawohl! (Ab.)

Grethe (sinnt vor sich hin).

Dr. Lange tritt durch die Mittelthür von rechts ein, poltert aus Versehen, bleibt etwas zögernd stehen.

Grethe (fährt zusammen, springt auf, dreht sich um). Ach! (Schwer atmend.) Mein Gott, Sie, Herr Doktor?

Dr. Lange (näher kommend, vergnügt, herzlich). Na, Sie hab' ich ordentlich erschreckt, was? Woran dachten Sie nu eigentlich, Fräulein Grethe?

Grethe (ihm entgegen). Ach es war so dumm, ich denk' immer, Papa kommt durch die Thür. (Reicht ihm die Hand, herzlich.) Guten Abend, Herr Doktor.

Dr. Lange (ihre Hand drückend). Guten Abend, Fräulein Grethe. Vor allem sag' ich Ihnen, sitzen Sie nicht so viel zwischen den alten dumpfen Wänden. Hab' ich schon mal verordnet. Wenn Sie nicht gehorchen, komm' ich überhaupt nicht mehr. Raus, in die Luft! Damit Sie auf andere Gedanken kommen. Ich sag' Ihnen, das ist ein Tagchen heute! Suchen Sie den im Oktober! (Legt ab.)

Grethe (am Fenster). Kommen Sie hierher, Herr

Doktor, ins Helle. Wir wollen ein bißchen in den Herbst sehen.

Dr. Lange (setzt sich auf einen Stuhl, gegenüber Grethe). Von Innen das nutzt nichts! Immer frisch raus! Sauerstoff, Fräulein Grethe! Sauerstoff! Sie sehen mir zu schmal=
backig aus! Potz Donner! Sie sind doch 'n Landkind!

Grethe (versunken). Sehen Sie, wie die Blätter schon fallen über Vaters Grab! (Schaut hinaus.)

Dr. Lange (augenzwinkernd, nahe an Grethes Ohr). Das kommt an uns alle, Fräulein Grethe! Reine Formver=
änderung! Weiter nichts. Kein Atom geht verloren. Sehen Sie, das ist unser Jenseits! Unser wissen=
schaftliches!

Grethe (düster). Und das soll uns trösten?

Dr. Lange (wie vorher). Das tröstet uns vollständig, wenn wir das erfaßt haben.

Schweigen.

Grethe (leichter). Also Sie kommen nächstens überhaupt nicht mehr, Herr Doktor? Aufgehört hat's ja jetzt eigentlich schon! So läßt man seine Freunde im Stich!

Dr. Lange (herzlich). Das müssen Sie mir nicht übel nehmen, Fräulein Grethe. Die Praxis blüht augenblicklich. Menschlich ist das ja immer 'n bischen . . . (achselzuckend.) Man thut was man kann. Wir haben momentan die richtige, ausgewachsene Typhus=Epidemie, geradezu Reinkultur! Die Rüben=Arbeiten in der nassen Witterung! In Bärwalde hatte ich gestern wieder zwei Fälle unter den russischen Rübenleuten.

Schweigen.

Grethe. Und das war wirklich der einzige Grund, Herr Doktor?

Dr. Lange (erstaunt). Grund? Daß ich nicht kam? Natürlich, Fräulein Grethe! Was denn sonst?

Grethe (noch zweifelnd). Ganz gewiß, Herr Doktor?
Dr. Lange (humoristisch). Sie meinen, ich schwindle berufsmäßig?
Grethe. Ach! Ich dachte nur wegen Onkel Leidigkeit.
Dr. Lange. Weil mich der nicht besehen kann, denken Sie? Ich ihn auch nicht.
Grethe. Ich dachte, weil wir diese . . (ausbrechend) diese Menschen hier im Hause haben, lassen Sie uns im Stich!
Dr. Lange. Ich besuch' Sie, Fräulein Grethe und Ihren Bruder. Das ist doch hier Ihr Haus, denk' ich, oder nicht? Meinen Sie, ich lass' mich rausgraulen? Ich bin garnicht graulig, Fräulein Grethe!
Grethe. Ach man bildet sich ja alles mögliche ein! Daß man auch dazu ..! Na, daß Sie einen auch dazu rechnen . . und überhaupt . . Ach! lauter Unsinn!
Dr. Lange. Lauter Unsinn! Ja! Das scheint mir auch so. Das kann ich Ihnen man sagen, Fräulein Grethe.
Grethe (erleichtert). Ich bin wirklich nicht so . . . Ich bin ganz vernünftig geworden.
Dr. Lange (herzlich). Bleiben Sie das auch, mein liebes Fräulein Grethe! Halten Sie den Kopf hoch. Jeder auf seinem Posten und . . (erhebt den Finger.) Sauerstoff! Sauerstoff!
Grethe. Ich hab' Ihnen das sehr übel genommen. Man will doch seine Freunde nicht so verlieren. So gemein! Nein wirklich, man hat garnicht so viel!
Dr. Lange. Na, geben Sie mir Ihre kleine Hand, Fräulein Grethe. (Reicht ihr seine Hand).
Grethe (besieht ihre Hand). Ist garnicht so klein! Ist ziemlich groß, finden Sie nicht?
Dr. Lange (ihre Hand schüttelnd). Wir beide bleiben

gute Freunde, was? Woll'n das festhalten als ehrliche Kerls!

Grethe (mit vollem Blick zu ihm). Als ehrliche Kerls! (Besieht ihre Hand). Au! Herr Doktor! (schwenkt den Finger.) Ganz braun und blau!

Dr. Lange. Na entschuldigen Sie mal! Ich drück manchmal so'n bischen!

Schweigen.

Grethe (wieder trübe). Ach! Wir haben's schwer, Herr Doktor! Sie wissen garnicht, wie wir . . . Ach! (Schüttelt den Kopf.) Hugo ist immer so . . lauter Todesgedanken . . ach, hier gehen die Geister bei hellem Tag' spazieren.

Dr. Lange. Das ist eben Ihr verdammtes Unglück, daß Sie überall was sehen. Raus mit Ihnen an die Luft! Da wo's Leben ist. Sie meinen, hier giebt's keins? (Vertraulich.) Es giebt genug. Wozu haben Sie Ihre Leute? Da giebt's genug zu helfen!

Grethe (traurig). Ach! Was man sich mal eingebildet hat! So als Backfisch in der Pension, was man sich für Ideen vom Leben gemacht hat! Wie das Alles mal kommen sollte! Alles so furchtbar großartig und . . . Ich möcht' bloß wissen, was aus all meinen Freundinnen geworden ist? Ob's denen auch so gegangen ist?

Dr. Lange (nahe an ihrem Ohr). Mit Sicherheit!

Grethe (kopfschüttelnd). Schrecklich! Ja, ja, was sind wir Frauen?

Dr. Lange (tröstend). Ist mir grade so gegangen, Fräulein Grethe.

Grethe. Sie auch und ich! . .

Dr. Lange (an ihrem Ohr). Ist ganz dasselbe, Fräulein Grethe. Nach hundert Jahren ist alles vergessen, das kann ich Ihnen verraten. Jeder thut seine Pflicht und damit basta! Haben Sie keine Pflicht?

Grethe (schaut ihn an). Herr Doktor!

Dr. Lange. Na also! Ihr Bruder steht für Sie ein und Sie für Ihren Bruder! Das ist doch schon was! Das gehört sich so! Und dann bleibt auch noch verschiedenes Andere! Noch viel zu thun hier, Fräulein Grethe!

Grethe. Ach! Ich möcht' ja alles... Aber Hugo lacht mich ja aus.. Hugo hält einfach nichts von mir..

Dr. Lange. Schwerenot! Kopf hoch! Vor Allem hier'n bischen Licht machen! Raus mit all' dem alten Zeug.. und draußen im Garten mindestens die Hälfte Bäume weg! (Achselzuckend). Na.. und das Erbbegräbnis müssen wir freilich lassen.

Grethe (ernst). Ja, ja, Herr Doktor. Darüber kommen wir nicht hinaus.

Hugo (kommt aus dem Hinterzimmer, geht auf Lange zu). Guten Abend, Doktor! Hab' mich also nicht getäuscht! Freut mich von Herzen.

Dr. Lange (erhebt sich und begrüßt Hugo). Guten Abend, lieber Freund!

Hugo (setzt sich ebenfalls, sieht sich um). Dunkel hier! Was meinst Du Grethe, willst Du uns nicht die Lampe bringen?

Grethe (erhebt sich lächelnd). Ich geh' schon, Hugo. Nun setzen Sie ihm mal ordentlich den Kopf zurecht, Herr Doktor. So recht ordentlich. (Nimmt ihr Buch, ab).

Dr. Lange. Na erzähl' mal, Kerlchen!

Hugo (sitzt in Nachdenken da, schweigt.)

Dr. Lange. Was hast Du nun in der letzten Zeit so im allgemeinen ausgerichtet.

Hugo (aufsehend). Ausgerichtet? Garnichts, Doktor. Ich sag' Dir, spaßhafte Geschichte! Onkel Leidigkeit hat sich partout in den Kopf gesetzt, mir das Wirtschaften beizubringen und wie man seine Leute zu behandeln hat. Probates Recept! Die Knute! Nur die Knute! Sind bloß garnicht recht gelehrig hier.

Dr. Lange (vertraulich). Könnten wir dem Mann nicht vielleicht 'ne kleine Luftveränderung verordnen? Gardasee oder so etwas? Ich denke, wir spedieren die beiden Präparate zurück dahin. Der alte Herr hat so wie so Gallenstein.

Hugo (steht auf und geht einmal auf und ab, bleibt vor Lange stehen). Darum also ist mein Vater aus der Welt gegangen, Doktor, damit dieser Mensch kommt, und auch das Letzte verdirbt! Ist das nicht eine Ironie? (Wieder auf und ab.)

Dr. Lange. Kerl! Du bist doch 'n Mann! Nu sei doch 'n Mann! Zeig's ihnen mal!

Hugo (in seinen Gedanken fortfahrend). Eine Ironie, sag' ich Dir, ausgesucht! Wenn ich mir die Sache überdenke, so muß ich sagen, wir hätten etwas machen können! Wir hätten das Grundstück halten können. Nicht für immer, aber bis auf weiteres. Durch vernünftige Behandlung hätte etwas werden können! Wir wären zum Schluß zum Teufel gegangen, aber wir hätten doch unsern Mann gestanden!

Dr. Lange (ernst). Und das hast Du jetzt aufgegeben?

Hugo (setzt sich wieder). Aufgegeben! Sehr richtig! Ich sage Dir, Doktor, wenn Du einen Eingemauerten sehen willst, studier das an mir! Vorzügliches Objekt! Und dabei sich zu sagen, Du hast Deine Ideale gehabt! Du hättest ein Techniker werden können, wie vielleicht nicht viele! Um ein Haar breit wärst Du ein Mann geworden . . . ich will Dir keine Komplimente machen, Doktor, die Sache liegt so . . . ein Mann, wie Du z. B., der sich um nichts zu kümmern hat und seinen Weg geht . . .

Dr. Lange (vertraulich). Wenn ich an Deiner Stelle wäre, Mensch, ich müßte mir erst, was man so nennt, die Ellbogen (mit Pantomine) freimachen . . Na, und wenn der Kerl dabei rausfliegt . . . meine Schuld wär's nicht. Warum steht er da?

Hugo. Du an meiner Stelle? Hm! Du an meiner Stelle wärst vielleicht grad' so dran! Bedenken wir, Doktor, der Mann ist mein Gläubiger. Seine Gläubiger muß man sich warm halten. Das ist auch so eine Konsequenz! Ich sage Dir, diese Konsequenzen! diese Konsequenzen alle, wenn man erst drinn sitzt . . die muß man zu Ende denken. Zu Ende denken will ich! Das laß ich mir nicht nehmen (steht auf.) Weißt Du, daß ich heiraten werde, Doktor? (Geht auf und ab.)

Dr. Lange. Du? Das wär' vielleicht noch nicht das Schlimmste! Das wirkt ableitend. Aerztlich nicht abzuraten. Du bist alt genug. (Augenzwinkernd.) Zeugungskräftig. Wen denkst Du denn? Ich kenn' doch niemand!

Hugo (mit Geste). Möglichst schwer! (Setzt sich wieder.)

Dr. Lange. Wer hat das gesagt?

Hugo. Onkel Leidigkeit!

Dr. Lange (grob). Im Ernst! Schmeiß den Lumpen möglichst schnell raus.

Schweigen.

Dr. Lange (steht auf, geht ein paarmal auf und ab, kommt wieder zurück, fährt heraus). Eine ganz niederträchtige Geschichte! An Dir liegt's! Du könntest ganz was anderes sein! (Schüttelt die Arme). Du könntest etwas wirken! (Setzt sich wieder).

Hugo. Ich könnte wirken, wenn ich die Konsequenzen bis zu Ende ziehe, jawohl! Das wollen wir! Darum hat Onkel Leidigkeit vollkommen Recht. Du willst das

Grundstück halten! Du willst höhere Löhne zahlen! Du willst Deine Leute zu Menschen machen! Heirate!!.. Reich heiraten!!... Ich sage Dir, Doktor, wenn man soweit ist, wie ich...

Dr. Lange (verzweifelt herausfahrend). Schwerenot! Dann heirate! Heirate den ältesten und reichsten Drachen, den Du auftreiben kannst! Gemein bleibt's! Das kann ich Dir bloß sagen. Aber wenn Du nicht anders kannst... Wir sind Menschen. Wenn Du ein Kerl danach bist, kannst Du's wieder einbringen. (Augenzwinkernd.) An Deinen Arbeitern und sonst.. Vielleicht noch 'n kleinen Ueberschuß..

Hugo. Ich habe so einen Ekel davor gehabt.. und jetzt stecken wir drinn bis über die Ohren und werden uns unser Leben danach einrichten.

Dr. Lange (legt ihm die Hand auf die Schulter). Meine Absolution hast Du. Gieb mir Deine Hand, Kerlchen. Du thust mir leid! Ich thät's nicht. (Beide schütteln sich die Hände.)

Hugo. Doktor, Doktor! Verschwör' Dir nichts! Denk an unsere vernünftige Weltordnung! (Durch die Mittelthür rechts tritt)

Bauführer Krüger (ein, mit burschikoser Verbeugung). Ah! Guten Abend, meine Herren. Sie auch da, Herr Doktor? Sehr angenehm! Lang' nicht mehr gesehn!

Dr. Lange (erhebt sich). Guten Abend, wünsch' ich. (Setzt sich wieder.)

Hugo (aus seinen Gedanken aufgeschreckt). Gegrüßt, Bauführer! Fidele Skatlaune mitgebracht?

Bauführer (ablegend). Doch erlaubt? Störe doch nicht? Wohl noch etwas zu früh zum Skat? Herr Onkel wohl noch draußen in der Wirtschaft?

Hugo (mit Galgenhumor). Mein Onkel? Hm! Zu

Befehl! Wird wahrscheinlich sofort antreten! Zur Notiz, Doktor! Jeden Mittwoch Abend, pünktlich um 7 Uhr wird Skat gespielt. Willst Du eintreten, Doktor, als vierter Mann? Sehr interessante Beschäftigung!

Dr. Lange. Dazu kriegst Du mich mit keinen zehn Pferden, das sag' ich Dir im Voraus.

Bauführer. Was? Nicht mal Skat? Was spielen Sie denn, Doktor? Edelste Spiel! Sonderbar!

Dr. Lange. Wenn's anfangen soll, dann sag Mann, dann geh' ich.

Bauführer (abwehrend). Ah! Bitte sehr! Was sagen Sie nun zu dem Fall heute Vormittag? Flagrant! Sie kennen doch den Besitzer Janzen in Raudnitzerfelde?

Hugo. Wird gekannt! Jawohl? Zwillinge geboren?

Bauführer. Oh! Aber bitte sehr! Höchst ernsthafte Geschichte! Also, Sie kennen ihn? Liebenswürdiger Herr im Umgang, nicht wahr? Soll ja zu seinen Leuten bischen grob gewesen sein. Angeschnauzt haben. Na, geht ja mal nicht anders! Fährt also heut Vormittag durchs Dorf, Raudnitzerfelde natürlich. Wie er am Krug vorbeikommt, hat sich .. ganzes Pack gesammelt, frühere Leute von ihm, sonstige Existenzen .. Man kennt das ja .. Natürlich im Krug gesoffen. Wollen den Mann nicht weiter fahren lassen .. Stehen im Wege .. Machen die Pferde scheu .. Drohen wahrscheinlich ... Der Mann fordert im Guten auf .. Hilft nichts. Na schließlich, was bleibt dem Mann übrig? Zieht den Revolver und schießt ... (Achselzuckend.) schießt!

Dr. Lange. Ja! und schoß gleich durch die große Arterie, hier oben am Halse.

Bauführer. Ah! Wissen also davon, Herr Doktor. Na was sagen Sie dazu?

Max Halbe, Eisgang.

Dr. Lange. Ja! Ich wurde geholt. Als ich kam, war natürlich alles vorbei. Tod durch Verblutung. Der arme Kerl hat keine 5 Minuten mehr gelebt.

Hugo. Familienvater?

Bauführer. Ah! Kein Bein! Unverheiratet. Sogenannter Losbändiger!

Hugo (sarkastisch.) Nicht mal Familienvater? Lappalie!

Bauführer. Heikler Fall! Gewiß!.. Offen gestanden, stelle mich voll und ganz auf den Standpunkt des Besitzers. Nur keine Rücksichten in solchem Fall. Nur keine Sentimentalität! Notwehr! Weiter nichts!

Dr. Lange (beugt sich zum Bauführer hinüber, dicht an seinem Ohr). Ich will Ihnen man sagen, Herr Bauführer, der Mann in Raubnitzerfelde, der den andern in die große Arterie geschossen hat, der imponiert mir gar nicht! (Steht auf.)

Bauführer (einen Augenblick verdutzt, fährt dann auf, hält aber zurück, dreht nervös seinen Schnurrbart).

Hugo (Lange, der nach seinem Hut sucht, nachrufend). Aber Doktor! So garnicht modern! Die Knute, sag' ich Dir! Nur die Knute! Und den Revolver! Knute, Revolver! Beherzigen wir das!

Dr. Lange (Hut in der Hand). Guten Abend, meine Herrschaften.

Hugo (nachrufend). Auf Wiedersehen! Doktor.

Dr. Lange. Auf Wiedersehen! (Will hinaus, trifft auf) Grethe, die sehr erstaunt fragt). Schon weg, Herr Doktor?

Dr. Lange (humoristisch). Sehr eilig, Fräulein Grethe. Falls wieder jemand totgeschossen wird! Auf Wiedersehen! (Ab.)

Bauführer (halb für sich). Unangenehme Persönlichkeit! (Steht auf mit Verbeugung). Ah! Sonnenaufgang am Abend! Gnä'ges Fräulein, schätze mich glücklich.

Grethe (ernst). Guten Abend, Herr Bauführer! (Zu Hugo). Warum war Herr Doktor Lange so eilig?

Bauführer. Ah! Nichts weiter! Kleine persönliche Differenzen. Nichts von Bedeutung.

Hugo (zu Grethe). Onkel Leidigkeit draußen?

Grethe (die sich auf's Sopha gesetzt, müde). Ich glaub', er ist draußen auf dem Hof, es giebt schon wieder Skandal.

Hugo. Skandal? Seltenheit! Warum denn schon wieder?

Grethe. Die Rübenfuhrleute sind zurück! Alle betrunken! Onkel schimpft schrecklich! Man hört's bis ins Haus!

Bauführer. Ah! Um so bessere Laune nachher zum Skat! Verzeihen gnä'ges Fräulein das harte Wort: Ganz anderer Mensch, wenn man sich wieder mal ausgeschimpft hat!

Hugo. Entschuldigen Sie. (Schnell ab.)

Grethe. Nehmen Sie Platz, Herr Bauführer!

Bauführer. Gestattet an der Seite des gnädigen Fräuleins?

Grethe. Wo Ihnen beliebt, Herr Bauführer.

Bauführer (sich zu ihr setzend). Gnä'ges Fräulein scheinen müde, abgespannt.

Grethe (kühl). Nicht, das ich wüßte.

Bauführer. Ah! Pardon!

Grethe. Bitte sehr.

Durch die Mittelthür rechts treten Leidigkeit und Frau Leidigkeit, hinter ihnen Hugo ein.

Frau Leidigkeit. Aerger Dich nicht, Männchen! Die sind das garnicht wert, die rohen Menschen. Denk an Deine Gallensteine!

Bauführer (hat sich erhoben). Guten Abend die Herrschaften.

Frau Leidigkeit. Ah! Guten Abend, mein lieber Herr Bauführer. (Begrüßt ihn.)

Leidigkeit. 'n Obend, Bauführer! Zum Skot?

Bauführer. Pünktlichst eingefunden! Habe leider gestört?..

Leidigkeit. Wo sind die Korten, Hugo? Hoft Recht, Omolie, nich orgern! So'n verdommtiges Pack! Pf! (Schnauft auf, setzt sich.)

Frau Leidigkeit. Laß den Menschen bloß nicht herein, Hugo! Onkel ärgert sich ja 'n Schlag.

Leidigkeit. Gallensteine hob ich all!

Frau Leidigkeit. Herr des Himmels! Da kommt er ja! (Man hört von rechts Lärm und schwere Schritte).

Bauführer (sich erhebend). Keine Angst, gnädige Frau! Den werden wir schon zur Raison bringen! Passen Sie mal auf!

Hugo (der so lange am Tisch gestanden hat, tritt an den Bauführer heran). Wollen das lassen, Bauführer! Werden schon selbst mit ihm fertig!

Bauführer (zurücktretend). Pardon!.. Wollte Ihnen nur Beistand leisten. (Setzt sich).

Leidigkeit (erhebt sich), rot vor Wut). Hond, der! Loß ihm man kommen!.. Nuscht kriegt er!

Frau Leidigkeit (mit Entsetzensschrei). Peterchen! (Klammert sich an ihn an).

Ruttkowski (angetrunken in der Mittelthür erscheinend). Gu'n Owend, jonge Hahrke!

Leidigkeit (sich von seiner Frau losreißend). Was will Er? (Geht auf ihn zu.)

Ruttkowski (zu Hugo). Jonge Hahrke, äck wull Aenne man frohge, sänn' äck bi Aenne äm Dehnst oder bihw olle Hahre?

Hugo. Warum, Ruttkowski?

Ruttkowski. Wihl.. (Verlegen.) Sähne Sä, jonge

Hahr, bi Aenne blähj äck jo .. ober bim olle Hahre ..
(trotzig). Nich ähne Stunn' länger!

Leidigkeit (vor ihm). Raußer geht Er!

Ruttkowski. Ware Sä mi mihn Loschihn gähwe?

Leidigkeit. Nuscht kriegt Er!

Frau Leidigkeit (bei ihm). Männchen!

Ruttkowski. Ack sohr' nich mihr tor Fabrick!

Leidigkeit (außer sich). Er fohrt!

Ruttkowski (trotzig). Onn äck sohr nich ... Dohne Sä mi wat!

Leidigkeit (zu Hugo). Schmeiß' ihm raußer, Hugo!

Hugo (achselzuckend). Ruttkowski, seien Sie vernünftig! Gehen Sie nach Haus! Morgen sprechen wir weiter!

Ruttkowski (halb bittend). Mihn Loschihn, jonge Hahrke!

Bauführer (springt auf). Warten Sie, Herr Leidigkeit. Das wollen wir schneller besorgen! (Packt Ruttkowski beim Arm.) Marschir raus!

Ruttkowski (sich anstemmend). Wat sänne Sä?

Bauführer. Raus! Raus! (Sucht ihn rauszuschieben.)

Ruttkowski (ihn anpackend). Erscht Ohm! denn Ohm's Sähn! (Schiebt ihn vor sich.)

Bauführer (außer sich). Kanaille! (Greift in seine Tasche.)

Ruttkowski. Schorfkrät, wat wällst? (Faßt ebenfalls in die Tasche.)

Bauführer (der seinen Revolver gezogen, will abdrücken, Hugo springt dazwischen, entreißt ihm den Revolver).

Hugo. Hier wird nicht mit dem Revolver gespielt. Ruttkowski, stecken Sie das Messer weg. Das Messer weg, sag' ich!

Ruttkowski (tritt einen Moment eingeschüchtert zurück).

Bauführer (einen Schritt auf Hugo zu). Herr!

Hugo (ebenso). Herr? Zu Befehl! Herr in meinem Haus!

Frau Leidigkeit (die solange starr zugesehen hat, zum Sopha). Meine Nerven! Ich kann nicht mehr!

Leidigkeit (dreht sich um, geht ebenfalls zum Tisch). Schob' um unsern Skot, Omolie!

Vorhang.

Dritter Aufzug.

Schirrkammer am Stallgebäude bei Hugo Tetzlaff. Schmaler, länglicher Raum mit abgeschrägtem Dach. Einfache Holzwände, an welchem zahlreiche Wirtschafts= und Stellmacher=Gerätschaften, Hobeln, Sägen, Feilen, Aexte, Sensen u. s. w. u. s. w. hängen und stehen. Schleifstein mit kleinem Wassertrog. Boden mit Hobelspähnen bedeckt. An der hintern Schmalwand ein alter Werktisch, ebenfalls mit Gerätschaften, Nägeln, Hämmern, Zangen, Brettern u. s. w. überhäuft. In der Mitte ein fichtener Sarg, aus rohen Brettern zusammengeschlagen. Spärliches Tageslicht fällt durch einige Dachluken. Eingangsthür rechts geschlossen. Winterstimmung. Januartag Nachmittags. Stellmacher Jaworski damit beschäftigt, die Sargwände glatt zu hobeln. Im Vordergrund nahe der Eingangsthür verzehren Schwahn, Ruttkowski, Siech, Behrmann, Radzimowski, Nielepowitsch sitzend oder stehend ihr Vesperbrod.

Ruttkowski (grinsend). Wo dat Maschähnke mit ähnem Mol . . . Ruck, dor stand dat onn wull nich wihder . . Vafluckt! . .

Behrmann. Dat äs got! Sätte wi ä bähtke! Deiht weih op dä olle Knohke, dat Maschähne!

Nielepowitsch. Dat duhrt nu, bät dat reparährt äs! Ward sich dä Oll' ahrgere!

Schwahn. Ward nich lang duhre! Bäld' bi man nuscht än!

Nielepowitsch. Wat dä junge Hahr woll dem Masch=
näste hälpe deiht! Wat dä woll von't Reparähre vasteiht!

Siech. Dä? Dä äs dropp lehrt! Dä vasteiht mihr
dorvon, ass du onn äck.

Nielepowitsch. J, äck mugd', dat ganze Bähst mugd
äm änne Lost flähge! Ae bähtke von hinge ahnpäsre, dat
dat Dahmp krähgt!

Schwahn. Wat wehtst Du? Drog Du Dihne Kiepe
mät Sprih onn red Du nich mang olle Lihd'!

Schweigen.

Radzimowski (nach dem Sarg hin). Das is große
Sarg!

Schwahn. Wär' ock 'n Kehrl bi sihne Tihd. Dä olle
Jochen!

Nielepowitsch. Twahlf Toll hahd dä, mähn äck.

Schwahn. Wehtst noch Behrmann, wo dä sihnen Dreh=
schäpelsack drohg? Hupp onn oppe Puckel onn stond ass'm
Bohm!.. Wehtst noch, bi jenne twintig Johr'? Dunn
wär hä sästig Johr!

Behrmann (nachsinnend). Ockorot so olt, ass äck nu!

Nielepowitsch (zu Behrmann). Dunn drohg hä dat
noch! Drohgt Ji dat mol!

Schwahn. Holl't Muhl, Glommskopp: Bäst all hingere
Ohre drähg?

Radzimowski. Weiß ich nich, wie einer heben kann
so schwere Sack!

Nielepowitsch. Ji, Polsche, Ji! Wat weht' Ji!

Radzimowski. Wissen wir, daß du bist dumme Niemjetz!

Siech (zu Nielepowitsch). Gäff ämm, Jahn..! Gäff
ämm..!

Nielepowitsch (sich aufstellend). Wällst Schaagd?
Komm' an!

Radzimowski (lauend, grinsend). Kannst Du kommen zu mich! Werd ich Dich wischen die Ohren! Wirst Du trocken werden hinter Deine Ohren.

Siech. Kriegt Juch! Nämm äm, Jahn!

Nielepowitsch (geht wieder an seinen Kaffeetopf). J, wo war äck!.. Frehte war äck! Loht dem Pohlsche Hond! (Kaut.)

Ruttkowski (zieht eine Flasche vor). Nämmst' ähnem, Schwahnke? (Schüttelt). Aes jo all wädder leer, dat Boddelke... dat vasluchtge Dahmpe. Wat dat dä Gorgel ruch mohtt!

Schwahn. Loht man, Kohrlke!... Du wehtst jo, dat häww' wi ons ahsschwore!

Ruttkowski. Dat dähd äck nich' onn wenn glick.. (zu Nielepowitsch.) Jahnke, hol mi dat Boddelke voll!.. Stech' änne Jopp'!

Nielepowitsch. Onn wenn dä Oll' kömmt?

Ruttkowski. Loht ämm! Dem war wi oppe Tog bränge! Nämm dä Boddel! Lohp!

Nielepowitsch. Nä, äck goh nich! Aeck loht mi nich wädder schämpe!

Ruttkowski. Forjer!.. Denn goh äck! dem war äk wihse! (Ab durch die Thür rechts. Durch die geöffnete Thür schimmert Schneelicht. Dann schließt sich die Thür).

Schwahn (zu Jaworski). Mohke Sä äm dat man ä bähtke mahtlig, Mehster! Dä häwwt vadähnt!

Behrmann (nachdenklich an seinem Kaffeetopf). Dor kohm wi ock hän!

Schwahn. Wat häwwt sich dä Mahn plohgt onn plohgt!

Nielepowitsch (zu Jaworski). Howelspähn' nohg häwwe Sä jo, Mehster, dat äm dat warm äs!

Jaworski (am Sarg hobelnd, brummig). Kömmer' Du
Di om dihnt!

Schwahn. Plohgt häwwt sich dat onn nu liggt dat
änne Dorfskoth' onn häwwt nich mol, dat dat 'n ordentlichet
Sarch betohle kahn!

Jaworski (aufstehend). Aes geschäckt nohg! Mohke
Sä dat geschäckter. (Hobelt weiter.)

Nielepowitsch. Onns olle Hahr sihnt sach anners ut!

Jaworski. Wär ock von Eichenholz, Dommkopp!

Behrmann (nachdenklich). Bohwe fän wi alle glick,
sägt dä Prä'ger.

Schwahn. Onn datt mott opp disse Welt grod so ware,
sägt dä Lehrer!

Siech. J! wa weht! Wo kahn hä dat wehte?

Schwahn. Dat steiht änne Bähker, wo dä Lehrer mi
gahf, Siech! Ack häww dat sülfst lest!

Nielepowitsch. Ack ock! Onn dor stond noch mihr..
Kunnst lese, Siech...

Siech. Di war wi nich frohge Jahn! Dähn Du man
erscht Dihne dreh Johr onn valähr Du Dihn Arm äm Krähg'!
denn red' mät!

Radzimowski. Bücher wir nich sollen lesen, hoch=
würdige Herr Pfarrer sagt. Kommen wir inner Höll'.

Schwahn. J, wat häwwt mi dä Paster to sägge!
Ack sänn evangelsch! Onn wenn.. Aes dat richtig, dat
sohn Mann, wo sich häwwt plohgt onn rackert, ass dä olle
Jochen... dat mott mät sihne olle Knohke änne Dorfskoth
Luhs' sahnge onn nu ward dat änne Kuhl änschahrt, ass
'm bodige Hond! Aes dat richtig, Siech?

Behrmann (nachdenklich). Dor war wi ock hänkohme,
Schwahnke, sägg' äck man!

Schwahn. Aeck nich, Behrmann! Denn läverst noh Amerika!

Siech. Wehtst Schwahn, jistre tweh Dog' häwwt mi drähmt, sä hahde Di ophängt än Amerika. Onn min Box.... dä stond dorbi onn häwwt Di ankickt mät sohne truhrige Ohge onn bällt!

Schwahn. Denn war äck noch lang lähwe, heht dat!.. Nä, hahd' äck dat wohßt, wo dat mät dä olle Leidigkeit wär.. Dä äs jo duhsendmol schlämmer ass dä selige Hahr.. denn hahd äck nich blehwt bim jonge Hahre! denn sähte wi all jennsihd Wohter!

Nielepowitsch. So'n Schändluder, dä Oll'. Wo dat wädder geiht mät Maschähne! Aeck häww all Muhl onn Näs' voll Spritz!

Schwahn. Red' Du! Onn wi olle Lihd', wi?!

Radzimowski. Is sich schwere Arbeit beim Lokomobil.

Behrmann. Jo, jo! dat bruckt dä olle Jochenke nich mehr!

Schwahn. Dat geiht nu von't Morgent fräh bät Owend spoht! Kähn Ophäre! Nuscht nich! Sommer onn Wänter! Mät dä Rähwe onn mät dat Dahmpdresche onn ditt onn jent! Dat äs jo gor nich mihr mänschlich!

Schweigen.

Behrmann (nachdenklich zum Sarg hin). Wo dat howelt onn howelt!

Nielepowitsch. Geiht bäther ass Dahmpdresche! Aes nich so, Mehster?

Jaworski (hobelt schweigend weiter).

Siech (zieht ein Päckchen Priemtabak vor). Dat häwwt mi ons jonge Hahr gähwt! Dä sorgt doch noch sär so'nem olle Aenvaläde! Ons jonge Hahr äs got! dor lohl äck nuscht nich.. (verteilt an jeden ein Priemchen, das schweigend genommen wird.) Dä olle Leidigkeit.. Mehnt Ji, dä häwwt mi ähn Mol to Tobak gähwt! Na! (Nimmt ebenfalls ein Priemchen.)

Behrmann (nachdenklich kauend). Aes got!

Schwahn (ebenfalls prüfend). Got! Jo! Ae bähtke jong.. (Prüft wieder.)

Radzimowski. Hat mich gewollt schlagen der Leidigkeiter. Hätt' ich gesagt: Du, Leidigkeiter, Du! Du! Pschakreff!

Nielepowitsch (auf Radzimowski deutend). Dä? Dä schätt sich jo änne Bächse!

Schwahn. Dat ward nu bold wädder losgohne, wenn dat reparährt äs ann Maschähn.. Feist dat nich all? (Horcht ebenso wie die anderen.)

Behrmann. Dat wär dä Wänd, Schwahn!

Siech. Dat geiht nu mät Duhe! Gäwwt Wohter dit Johr!

Schwahn. Bi all dem Schnee! Na äck sägg' man! Wießelwohter ward dat gäwe! (Horcht.) Wo dä Wänd omme Stall huhlt!

Schweigen.

Nielepowitsch. Nu geiht bold los mät Buhe anne Wießel! (Die Eingangsthür rechts öffnet sich, Spirck und Ruttkowski treten ein.)

Spirck (sich vorsichtig umsehend). Go'n Dag mätsamm! (Gedämpft.) Hä äs bi dä Maschähn, dat dat reparährt ward, nich? (Deutet nach draußen.)

Ruttkowski (behaglich). Häwwe ähnem nohme.. Hä häwwt traktährt, dä Hahr Lehrer.. Hoa.. (Räuspert sich und wischt sich mit dem Aermel über den Mund.)

Schwahn (vorsichtig). Sänne Sä oppe Luhr', Hahr Lehrerke! Jahn, paß mol op buhte, dat dä Leidigkeit nich kömmt!

Nielepowitsch (zögernd). Aeck mugd ock häre!
Schwahn. Warst gohne! (Mit Handbewegung.)
Nielepowitsch (sich duckend). Jo, jo! (Ab durch die Thür.)
Spirck (vorsichtig, gedämpft.) Wo sänn Juhne Kameraden?
Schwahn. Oppem Spicher, Hahr Lehrer. Dä lohde Säck ahf.
Spirck. Na, wo äs dat mät dat Lokomobäle? Rackerih, nich? (Alle haben sich um ihn gedrängt und horchen, während Jaworski unbekümmert weiterhobelt, manchmal auf dem Werktisch laut herumkramt.)
Schwahn (achselzuckend). J, Hahr Lehrer!
Ruttkowski. Suhpe mott man, dat man utholle deiht! (Zieht grinsend seine Flasche vor, trinkt.)
Spirck (zieht Zeitungen aus der Tasche). Aeck häww Juch wädder Schräfte mätbrocht! Dor steiht wädder vähl bänge .. Nehmt Ji dat Schwahn, onn vadählt Ji dat, dat äck dat lossänn! (Giebt die Blätter Schwahn, der sie wichtig betrachtet und einsteckt.)
Behrmann (gedämpft). Steiht dor ock, dat wi nich mihr lokomobähle motte?
Spirck. Dat steiht dor alles, dat Ji to schlecht behandelt ware, onn dat Ji man blot 'n Hongerlohn bekohme deiht, onn dat dat Alles anners ware mott.
Schwahn. Aes nich so, Behrmann?
Behrmann (langsam zunickend). So äs dat, Schwahnke?
Siech (ungläubig). On dat steiht dor Alles, nä?
Ruttkowski (verschmitzt). Vaflucht! (Nimmt einen Schluck.)
Spirck. Weht' Ji all, daß dat Wießelies opbrohte äs, bohwe än Pole? Aehn twel, dreh Dog' . . . denn geiht los mät Jesgang!
Schwahn. Sittst, wo äck sägg häww, Behrmann?!

Behrmann (überlegend). So fräh äm Johr kahn äck gor nich denke!

Siech. Hopsa, Boy! War wi dä Käh' äm Marz ruter briewe oppe Wehd!

Radzimowski. Fangt sich an Bau beim Weichsel, gnädge Herr Lehrer! Werd ich gehen! Besser wird sein wie Lokomobil!

Spirck. Bäld Juch dat man nich än, dat dat wat ware deiht bi dä Wießel.

Schwahn. Oho! (Alle drängen sich näher heran.)

Spirck. Dat heht, sä sähle kehnem Arbehtsmann ut disse Gegend annähme dährwe bim Strombuh! Doröpp wälle dä Besätzer änkohme bi dä Regährung! Onn dat ward ock ware! Ji sähle dat nich behter häwwe! Ji sähle bi dä Besätzer äm Dehnst blihwe onn Bulle onn trocknet Brod srähte!

Schwahn. Dat wäll wi erscht sehne! Loht Sä mi holle! Dat wäll wi sehne!

Ruttkowski. Nann nich mol! (Schwenkt seine Flasche.) Mihn Boddelke mott äck häwwe.

Behrmann. Wat allet passähre deiht! Nä! (Schüttelt den Kopf.)

Radzimowski. Bleib' ich nich! Lauf ich sie fort.

Spirck. Ji motte tohp holle! Ji motte Aehner tom Annere stohne! Ji motte änne wihse, dat sä Juch bruke, onn Ji nich sä! Wat wär dä preußische Stoht, wann dä Arbehtsmann nich wär! Dat häwwt ock dä Kaiser sülfst säggt.

Schwahn. Sist, Siech, wo äck säggt häww'?

Siech (noch zweifelnd). Aes dat wohr, Hahr Lehrer?

Spirck. Gewäß äs dat wohr! Dat steiht än alle Blähder! Ji kähn' dat lese.

Siech. Denn ward dat fänne. (Militärisch stramm.) Gefreiter Siech meldet sich tor Stelle, Majestät.

Spirck. Sihne Majestät sülfst äs gornich so, wenn dä von allem woßt. Da sänn man dä Minäster onn dä Regährung, wo op dä Besätzer ähre Sihd stohne. Dä häwwe mi abjsätt, wihl dat äck ämmer sär Juch änstohne sänn! Doröm wälle sä mi rujenähre! Nu war äck an onse Kaiser sülfst oppelähre! Dä ward mi wädder änsätte!

Ruttkowski (Flasche schwenkend). Hoch ons Hahr Kaiser! Soll leben sisat hoch! (Trinkt.)

Siech (stramm stehend, Mütze schwenkend). Soll leben Seine Majestät!

Schwahn. Onn ons Hahr Lehrer daneben!

Ruttkowski (begeistert). Ons Hahr Lehrer daneben!

Nielepowitsch (hineinstürzend).) Dä Lokomobähl häwwt all pähpe! Dä Oll onn dä jonge Hahr kohme.

Spirck (eilfertig). Denn war äck man rasch... Wo sänn sä?..

Nielepowitsch. Anne Schihn!... Man rasch!

Spirck. Denn kohm' äck noch ruter! Badählt Ji dä Schräste, Schwahn! (Will ab.)

Ruttkowski (ihn aufhaltend, kordial). Hahr Lehrer, sär Aenne... stoh äck... Sä häwwe mi tracktärt! (Umfaßt ihn.)

Schwahn (sich dazwischen legend). Loht äm, Kohrlke.. Hahr Lehrerke, glick rechts äwere Tuhn! (Deutet hinaus.)

Spirck. Loht Ji mi doch, Ruttkowski! Aeck tracktähr Juch 'n annert Mal. (Hat sich losgemacht.) Adjes! (Schnell ab.)

Schwahn (ihm nachrufend). Aewere Tuhn, Hahr Lehrerke!

Ruttkowski (Flasche schwenkend). Hahr Lehrer! (drohend.) Dat ward nu... Krähg' äck Di, Hond von Buhfährer, Du!

Schwahn. Nu wäll wi man!

Behrmann (seufzend). Jo, jo. Dat ward Tihd!

Nielepowitsch. Wäbber, bät allet buster äs!

Schwahn (im Hinausgehen sich umdrehend). Grähnschnabel, wacht ahf onn denn red! (Ab mit den Andern außer Jaworski.)

Jaworski (arbeitet noch einen Augenblick weiter, hält dann inne, betrachtet prüfend sein Werk, hobelt noch einige Stellen nach, untersucht wieder, giebt seiner Befriedigung durch ein Brummen Ausdruck. Durch die offen gebliebene Thür, in der ein Stückchen des schneebedeckten Wirtschaftshofes sichtbar ist, treten ein Leidigkeit sehr eilig, hinter ihm langsam Hugo. Leidigkeit sieht sich überall um, guckt in die Ecken, dann sehr brummig zu Jaworski, der in die Betrachtung des abgehobelten Fichtensarges versunken scheint, hier und da noch etwas nachhobelt).

Leidigkeit. Mich wor grod so, off wenn Spirck da wor. Jaworski, wor Spirck nich da?

Jaworski (sieht sich um, verdrießlich). Hä .. ä?

Leidigkeit (grob). Ich frog Ihnen, ob Spirck da wor? Vorstehen Sie Deutsch?

Jaworski (wieder hobelnd). Nä!

Leidigkeit (aufgebracht). Wirtschaft sone! Hallonke! Wonn ich dem find, achtkontig ranßer! (Eilig ab.)

Hugo (tritt an den Sarg, betrachtet ihn sinnend, während Jaworski auf dem Werktisch aufräumt.

Schweigen.

Hugo (plötzlich aus seinem Sinnen auffahrend). War Spirck wirklich da, Jaworski?

Jaworski (beschäftigt). Weht nich, jonge Hahr!

Hugo. Wissen nicht? Auch gut!

Jaworski (einsilbig). Kömmert mi nich, wat änne Schärrkammer kömmt! Dor fätte so vähl onn spocke romm! Gäwwt annere Arbeht, aff oppasse!

Schweigen.

Hugo. Sind Sie fertig mit dem Sarg?

Jaworski. Aes fahrdig, jonge Hahr.

Hugo. Nun wird er hoffentlich gut schlafen! (Nimmt den Deckel ab, schaut hinein).

Jaworski. Fär dä Wörmer got nohg! Mohkt kähner bähter! ... Häwwe Sä mi noch wat optogähwe, jonge Hahr?

Hugo. Nichts, Jaworski!

Jaworski. Denn war äck wäbber dä grote Spihsschrank färnähme, wo Sä mi optähkent häwwe.

Hugo. Sehr gut, Jaworski! Gehen Sie nur.

Jaworski (setzt sein Käppchen auf, geht langsam ab, nachdem er nochmal prüfend den Sarg überschaut hat).

Hugo (setzt mechanisch den Deckel wieder auf, lehnt sich an den Schleifstein, in tiefen Gedanken).

Leidigkeit (tritt wieder ein, geärgert). Wor nuscht nich zu finden! Ging der olte Fochs?

Hugo (einsilbig). Ging. Ja!

Leidigkeit. Hängen loß ich mir, wonn Spirck nich da wor!

Hugo. Würde vermutlich Nichts im Wege stehen!

Leidigkeit. Nimm Du man seine Portei. Wirst schon sehen ... Schobbiack, so'ner! (Setzt sich auf den Schemel.)

Hugo. Und wenn ich nicht seine Partei nehme? Hilfts was? Sein wir doch logisch, Onkel!

Leidigkeit. Wonn ich dem nochmal treff auf'm Hof .. Lobondig nich runter!

Hugo. Lebendig nicht? So .. Hm! Und dann?

Leidigkeit. Wir müssen beim Amtsvorsteher einkommen, daß Spirck raußer muß off Aufhetzer onn Aufwiegler! Sotz die Eingob auf!

Hugo. Und dann?

Leidigkeit. Donn is er weg!

Hugo. Und dann sind wir grad soweit!

Leidigkeit. Abwarten! Aufhetzer dulden wir nich in Dorf.

Hugo. Sind wir grad' so weit, sag' ich, aus dem sehr einfachen Grunde, weil die Aufhetzer nicht die Unzufriedenheit machen, sondern die Unzufriedenheit macht die Aufhetzer.

Leidigkeit. Vosteh' ich nich! Sind wir olte Leute zu domm dazu!

Hugo. Kannst Du die Leute zwingen, nicht nach höheren Löhnen zu gehen?

Leidigkeit. Orbeiten sollen sä!

Hugo. In dem Augenblick, wo irgendwo in der Nachbarschaft höhere Löhne gezahlt werden, muß Alles dahin laufen!

Leidigkeit. Muß nich, sog' ich! Müssen wir ihn' vapurren!

Hugo. So? Hm! Sehr gut! Warten wir nur erst den Arbeiterbedarf bei den Strombauten ab!

Leidigkeit. Dorom sog ich, wir mussen das vapurren! Die Regierung muß fremde Orbeiter nehmen! Wir brauchen unsere Orbeiter selber! Wir mussen einkommen!

Hugo (muß unwillkürlich lachen). Auch noch einkommen um solchen Unsinn! Bedanke mich, komische Figur zu spielen!

Leidigkeit (unwirsch). Holten mußt das Grundstück, und wonn's gleich Stein' regnet!

Hugo (plötzlich an den Sarg tretend, etwas pathetisch). Der Mann, der hier drinn schlafen wird, hat 50 Jahre gearbeitet und morgen werden sie ihn auf Gemeindekosten raustragen! Aus dem Sarg schreit der Jammer der Zeit! Vergessen wir das nicht!

Leidigkeit. Moch man, daß Dich nicht auch so geht!

Laß lieber Ondre in der Dorfskoth sitzen! Dommheit!

Hugo (sarkastisch). Frage erlaubt? Warum Andere? Hat Einer mehr Recht in der Dorfskathe zu verkommen, als der Andere?

Leidigkeit. Frogerei! Domme! Worom fohrt Dein Kotscher Dir, onn warum fohrst Du nich Deinem Kotscher? Is immer so gewesen onn wird immer so bleiben. Wovor geben wir denn dem Orbeiter das Brot? Daß er faullenzt und nuscht thut?! Daß er orbeiten thut! Nu weißt!

Hugo (müde). Nu wissen wir! Nu geben wir auf einmal alle unsere Dummheiten auf und werden vernünftig. Und wenn an höchster Stelle gewünscht und befohlen wird, heiraten wir sogar vom Platz weg! Vollständig zu Befehl!

Leidigkeit. Wor auch Zeit, daß Du zu Vernunft kommst! An Seligmann hob' ich oll geschrieben wegen Heirot! Ich wort' bloß auf Antwort! Der Postbot' konn jeden Augenblick kommen!

Hugo. Seligmann? Sehr gut! Vermittelt also auch Heiraten? Ich dachte bloß Hypotheken und Grundstücke!

Leidigkeit. Vamittelt Olles! So'n Geschäftsmonn soll man suchen!

(Durch die Eingangsthür rechts tritt Grethe Tetzlaff ein, noch in Trauer, sieht sich um, gedrückt und ernst).

Leidigkeit (eifrig). Ist der Postbot' gekommen, Greth'?

Grethe. Ja! Er kam eben. Ich wollt's Dir sagen kommen, Onkel! Er hat Sachen für Dich gebracht!

Leidigkeit (aufspringend). Da is der Brief von Selig= mann! Wollen mol gleich sehen! ... Hugo, poß Du mol 'n bischen anse Lokomobil auf! Daß sie nich faullenzen! Geh mol hin! (Eilig ab.)

Grethe (steht traurig da, betrachtet Hugo, der versunken wieder den Sarg anschaut, geht an ihn heran, legt den Arm um ihn, weich). Verlier nicht allen Mut, Hugo! Du bist jetzt immer so . . Ich weiß garnicht . .

Hugo (aufsehend, erschöpft). Wer auch soweit wäre, sag' ich Dir . . . (Deutet auf den Sarg.)

Grethe (mit tiefem Seufzer). Ach ja! Manchmal denk' ich das auch schon! Wenn man so nichts mehr hat, was man wünschen kann . . . (Setzt sich auf den Schemel, hängt den Kopf).

Hugo (wiederholend, nachdrücklich). Wenn man nichts mehr hat, was man wünschen kann . . . sehr richtig! so nennt man das verpfuschtes Leben! (vor sich hin, krampfhaft.) Verpfuschtes . . . Leben!

Grethe. Kann ich Dir nicht etwas helfen, Hugo? Irgend was abnehmen? Irgend was?

Hugo (fortfahrend in seinen Gedanken). Und was das heißen will . . .! (Läßt den Kopf auf die Brust fallen.)

Grethe (verzweifelt). Hugo! laß mich nicht so furchtbar überflüssig sein! Das ist ja grenzenlos! (Schluchzt in sich hinein.)

Hugo (erhebt sich, geht auf und ab). Wir hätten einen Lebensinhalt haben können . . . Wir hätten etwas leisten . . . (klopft krampfhaft auf den Sarg, daß er dumpf wiederhallt.) So leer wie das stehen wir da! ! . .

Grethe (außer sich). Ich will Dir nicht anhängen wie 'n Mühlstein, so hast Du selbst gesagt! Lieber . . . . (Birgt den Kopf in den Händen.)

Hugo (forschend vor ihr). Lieber? . . .

Grethe (springt auf, stellt sich vor ihm hin). Hugo! Hast Du keine Hoffnung mehr? Ein Mann wie Du?

Hugo (unerschüttert). Gewesen! (Geht auf und ab.)

Grethe. Und daran bin ich schuld?! (Wirft sich über den Sarg.)

Hugo (wieder stehen bleibend). Schuld? Du bist an nichts schuld. Nehmen wir die Dinge wie sie sind. Nur keine Sündenböcke! Zu Grunde gehen werden wir darum doch!

Grethe (hat sich aufgerichtet, steht am Sarg). Hugo! Kannst Du an keinen Gott im Himmel mehr glauben?

Hugo. Gott im Himmel! Der war tot, als ich 15 Jahr alt war!

Grethe (krampfhaft). Ich auch nicht mehr! Wer weiß, wo das alles geblieben ist! Ich glaube an nichts mehr! Nicht mal an ein Wiedersehen mit unsern Eltern! Das habt Ihr mir alles genommen! Ich bin jetzt grad soweit wie Du! Jetzt muß ich auch Deine Schwester sein! (Umklammert ihn).

Hugo. Jetzt sollst Du meine Schwester sein! Jawohl! Gieb mir Deine Hand! Jetzt bist Du soweit, wie ein Weib überhaupt kommen kann. (Schüttelt ihre Hand.)

Grethe (zärtlich). Du weißt garnicht Hugo, wie ich mir immer gewünscht habe . . . Ich bin doch mal Deine Schwester! . . . Du warst immer so . . . Weißt Du? Du warst immer recht häßlich! Grob warst Du! Ganz gehörig! Jetzt mußt Du mir auch alles sagen! Jetzt will ich auch wirklich Deine Schwester sein! Hörst Du? Aber auch wirklich! Ich kann jetzt alles vertragen!

Hugo. Du kannst jetzt alles vertragen! Schön! Dann will ich Dir sagen, wir sind Ausbeuter, wir! . . . Wir leben vom Schweiße anderer! Was wir sind, sind wir auf Kosten anderer! Andere bezahlen unsere Bildung mit Vertierung und werden dafür auf Gemeindekosten begraben. Wir sind Ausbeuter, Schwesterchen, und . . . wissen wir das sogar! Wir ziehen nicht die einfachste Konsequenz! Thun wir nicht! Wir bleiben lieber und leben von der gemeinsten Unterdrückung, solange es geht! Und nachher? Dann wird geheiratet!

Grethe (fest). Ich heirate nicht! Wenn wir nicht mehr leben können.... (verzweifelt.) Mir ist alles egal! (Setzt sich auf den Schemel, stützt die Hände in den Kopf).

Hugo (ruhiger). Wenn wir nicht mehr leben können, dann wollen wir unserem Vater folgen, meinst Du? ... Gut! Sehr gut! Klar und konsequent! Unanfechtbarer Schluß! Es steckt etwas in Dir! Wir sprechen Dir unsere Zufriedenheit aus!

Grethe (steht auf und geht zu Hugo, der an der Wand lehnt). Hugo! Wenn Du ... Sag mir das ... Ich will nicht allein auf der Welt bleiben. (Während des Folgenden beginnt es in der Kammer immer mehr zu dämmern).

Hugo (geht sinnend auf und ab, pfeift vor sich hin).

Grethe (lehnt an der Wand, die Thränen rollen ihr aus den Augen).

Hugo (einen Augenblick vor ihr stehen bleibend). Warum weinst Du?

Grethe (unterdrückt). Ich muß an Mutter denken. Hat die das gedacht?

Hugo (wieder auf und ab). Und ich an unsern Vater!

Grethe (ausbrechend). Hast Du nichts Hugo, was Dich hält? Nichts auf der Welt?

Hugo (horchend). Hörst Du wie die Maschine summt? Einerlei! Immer der gleiche Ton! Da placken sie sich für uns.

Grethe (die einen Augenblick auch unwillkürlich gehorcht! fällt Hugo erschüttert um den Hals). Sei mein lieber Bruder!

Hugo (sich bezwingend). Seien wir vernünftig, Gretchen!

Grethe (schluchzend). Mein Einziger! (Kurzes Schweigen, während die Dampfmaschine draußen ununterbrochen fortsummt.)

Leidigkeit (tritt schnell hinein, während Hugo und Grethe auseinandertreten. Sehr vergnügt). Nanu? Was is Euch?

Hugo. Kleine Familienszene! Weiter nichts?

Leidigkeit. Seid wohl ganz... Wir hoben ihr, Hugo!

Hugo (ruhig). Wen? Was?

Leidigkeit. Ne Frau hoben wir! Wem sonst? 50000 Tholer! 25,000 kriegt sä bor. Das Andere, wenn der Olte tot is!... Nehmen wir notürlich!

Hugo. Wer? Du? Gratuliere bestens!

Leidigkeit. Was das is! Wir thun, was wir können! Nu is an Dich! Jung is sä auch!

Hugo (sarkastisch). Dreißig?

Leidigkeit. Onsinn! 18 Johr! Greif' zu! Was willst mehr?

Hugo. Muß noch jünger sein!

Leidigkeit. Kriegst sä nich jünger! Sei froh, daß die host! Schreibst nochher an Seligmann! Wir müssen die Soch' bold abmochen!

Hugo. Kurz und gut! Wir verzichten darauf! Schad' um die Portokosten!

Leidigkeit (starr). Was sogst?... Sog das noch= mol!...

Hugo (sehr ruhig). Wir verzichten darauf, sag' ich und sind bereit, das schriftlich zu geben.

Leidigkeit (wütend). Das sogst mir ins Gesicht?! Dommkopp!

Hugo. Hier wird einfach nicht geheiratet! Damit ist die Sache erledigt! Sonst noch Befehle?

Leidigkeit (starr vor Wut, fährt Grethe an). Was grienst, domme Trin'? Was host zu steh'n?

Grethe (verächtlich). Du thust mir leid, Onkel! (Ab durch die Thür.)

Leidigkeit (horcht). Nann, die Moschin geht jo nich mehr! Is all wieder was ontzwei? Bist nich dagewesen?... Verdommtge Wirtschaft! (Will raus, dreht sich noch einmal um, stellt sich vor Hugo auf). Ein für olle Mol! Wonn ihr nich nehmen thust... Ich zieh' meine Hond von Dir ab. Donn seh, was Du mochst!

Hugo. Nichts dagegen einzuwenden!

Leidigkeit (außer sich). Donk is das? Schost! (Draußen Lärm, viele Stimmen durcheinander.)

Leidigkeit (wieder horchend). Wahrhaftig! Die Moschin' ontzwei! Bonde! Wieder geoost und geoost, daß sie ontzwei geht! Daß sie nuscht nich zu thun brauchen... Und mit Dich! Mit Dich reden wir noch! (Will ab, draußen Stimmen:) Wo äs dä jonge Hahr! Wi motte äm dat sägge.

Schwahn (noch draußen). Wäll' wi ock! (Tritt ein, prallt auf Leidigkeit, der hinaus will. Hinter Schwahn drängen Ruttkowski, Siech, Behrmann, Radzimowski, Nielepowitsch und mehrere andere Arbeiter in die Schirrkammer, sodaß noch einige draußen bleiben und die Kammer vollständig gefüllt ist. Hugo steht an der Wand, Leidigkeit am Sarg.)

Schwahn. Aes dä jonge Hahr dor?

Hugo (vortretend). Hier bin ich. Was wird gewünscht?

Schwahn. Jonge Hahr, wi häwwe ophärt mät Lokomobähle.

Hugo (sehr ruhig). Gut, dann gehen Sie nach Haus.

Leidigkeit (aufgebracht). Aufgehört? Is die Maschin' ontzwei?

Schwahn. Dä Maschän' äs ganz. Wi häwwe ophärt, wihl... Wi wälle nich bät änne Nacht maschähne, wehte Sä dat!

Leidigkeit (starr). Is jo noch gonz hell. Is jo Schneelicht.

Nielepowitsch. Kick dem! Schneelicht! Wi ware äm mät Schneelicht!

Schwahn (zu Nielepowitsch). Holl't Muhl!

Ruttkowski (Flasche schwenkend). Nu wäll wi suhpe gohne! (Singt:) Holla hi.

Schwahn (zu Ruttkowski). Loht mi, Kohrlke! Dat mott alles sihne Ordnung häwwe.

Behrmann (ebenfalls zu Ruttkowski). Loht äm! Allet mät Fründschaftlichkeit!

Schwahn. Hahr Leidigkeit, sähne Sä nich, dat dä Sonn' all lang runger äs! Wi orbähde nich bi Schneelicht! Dat doh wi nich mihr!

Stimmen: Nä! Dat nich mihr! So domm!

Schwahn. Wi häwwe ons nohg rackert änne Aust onn bi dä Soht onn dat ganße Johr. Wi wälle onse Knohke ock rohe! Wi häwwe bi'm selige Hahre ock nich länger orbähde motte! On dat mott so blihwe!

Leidigkeit. Das sind jo nette Sozioldemokroten!

Stimmen: Hu! Hu! Gäss äm, Schwahn!

Schwahn (aufgeregt). Aes ganz glick, wat wi sänne! Wi wälle onser Recht, Wihder nuscht!

Leidigkeit. Nette Sozioldemokroten sind mich das! Siehst Hugo, wo das von die Aufhetzer kömmt! Ich wor mich zu schod, daß mich so'n abgesetzter Lehrer aufhetzen thot. So' ner oß der Spirck, wo verbotene Schriften gelesen hot!

Ruttkowski (einen Schritt vor). Ons Hahr Lehrerke, dat äs ä Kährlke.

Leidigkeit. Donn wollen wir man gleich teilen! Daß sie ihren Willen hoben! Sonst schlogen sie ons noch dot.

Stimmen: Dähle wäll hä? Hu! Hu!

Schwahn. Onn nu sahl dä jonge Hahr ons sägge, wo hä dot holle wäll! Wi wälle dat man mänschlich häwwe! Wi sänn ock Mänsche!

Leidigkeit (ratlos). Sog's ihn', Hugo!

Stimme: Dä schlohpt woll?!

Leidigkeit. Sogen sollst's ihn'! Vastonden?!

Hugo (humoristisch). Sagen soll ich? Zu Befehl? Soll geschehen! Ihr wollt's menschlich haben, Schwahn? Höchst verständig. Kann nur gebilligt werden. Ganz meine Ansicht! Menschen werden! Haltet Euch d'ran, daß Ihr nachkommt. Höchste Zeit! Ihr seid nicht dazu da, bloß zu pflügen und zu lokomobilen, Schnaps zu saufen und weiter nichts zu denken. Ihr sollt Menschen werden wie alle anderen Menschen und sollt auch wissen, daß Ihr Menschen seid, verstanden! Menschen! Höchst schwierige Sache! Könnt mir glauben! Nur möglichst bald damit anfangen! Das sage ich als Mensch zu Euch!

Leidigkeit (dicht vor ihm). Weißt', wo Du hingehörst? Nach Schwetz! In's Varücktenhaus!

Hugo. Das sag ich als Mensch zu Euch! Weiter hab' ich Euch nichts mehr zu sagen! (Im Begriff zu gehen.)

Ruttkowski (hat grinsend dagestanden, plötzlich). Va=flucht noch mol! (Schwenkt die Flasche.)

Leidigkeit. Nu sog' ich auch nuscht nicht weiter! (Drängt sich durch die verdutzt starrende Menge hindurch. Ab. Ein Windstoß fährt um den Stall. Die Thür knarrt in den Angeln. Die Dämmerung ist tief herabgesunken. Von draußen her bringt ein Gemurmel in die Kammer, anschwellend.)

Hugo (mitten unter den Leuten, wird aufmerksam). Was giebt's?

Schwahn. Junge Hahrke, ehwend äs dä Wießel opbrohke!
Lenich wär dor! Dat gäwwt Jesgang!

Hugo. Eisgang giebt's! Jawohl!

Vorhang.

Vierter Aufzug.

Wachtbude auf dem Weichseldamm. Herrenzimmer. Niedrige, quadratförmige Stube. An der Hinter- und rechten Seitenwand breite sehr niedrige Fenster mit gucklochartigen Scheiben, durch Läden von außen geschlossen. Thüren an der linken Seitenwand zum Nebenzimmer mit Telephon und rechts vorn zum Leute-Gastzimmer und hinaus auf den Damm. Von der Thür auf der linken Seite bis zum gegenüberliegenden Fenster auf der rechten Seite läuft längs den hintern Wänden eine Polsterbank. Davor in den beiden hinteren Ecken rechts und links je ein runder Gasttisch. An den Tischen auch einige Stühle. Auf jedem Tisch Petroleumlampe, geleerte Grogkgläser, Vierseidel. Eine Harmonika hängt an der Wand. Aeltliche Bilder, König Wilhelm, Königin Augusta im Krönungsornat und die Stufenleiter der Stände mit dem Bauer als Unterlage. Vorn links alter gebräunter Kachelofen. Ein Tag später als die vorhergehenden Ereignisse. Abends 7 Uhr. Lehrer Poggenfuhl und Dr. Lange am Gasttisch, links hinten. Am Tische rechts Lieschen mit einem Strickzeug. Aus dem Leutezimmer Stimmengewirr und Lärm. Von draußen hört man manchmal das Schollern der Eisblöcke hinter dem Damm, 20 Schritte von den Fenstern. Der Thauwind pfeift um's Haus.

Poggenfuhl (lehrhaft, abgemessen, bedächtig). Und so wird diese Wachtbude nach menschlicher Berechnung und Voraussicht nur noch wenige Jahre ihren Dienst versehen. Denn wenn wir den neuen Kanal und die Stromregulierung haben werden, so ergiebt sich von selbst, daß die Eisgänge auf der Weichsel ihre Gefahr für die Anwohner verlieren müssen. Es wird dann also auch der Wachtdienst beim Eisgang und mit ihm die bisherige Bestimmung der Wachtbuden aufhören. Dies dürfte einleuchten und wir werden sagen dürfen, unseren Enkeln wird es wie eine Sage klingen, daß noch ihre Großväter von diesen alten Gebäuden aus die Eisgangsgefahr des mächtigen Stromes überwacht und in diesem Zimmer hier für ihr Hab und Gut gebangt haben.

Dr. Lange (humoristisch). Und dabei sehr viel Grogk konsumierten, Herr Poggensuhl. Unvernünftig viel! Wenn's nicht Werderaner wären!

Poggensuhl (unbeirrt). Wir aber dürfen unserer einsichtigen Regierung danken, daß sie uns nun bald diese schwere Sorge vom Haupt nehmen wird. Lieschen! Möchtest Du mir noch ein Gläschen von diesem Getränk bereiten und thu nicht zu viel Arac hinein und vergiß nicht, drei Stückchen Zucker, mein Kind!

Lieschen (ist aufgestanden und herangetreten). Ich weiß, Herr Poggensuhl, recht süß! (Nimmt kichernd sein Glas.)

Poggensuhl (giebt ihr den dabeiliegenden Löffel). Das Löffelchen können wir wohl dazu nehmen.

Lieschen (kichernd ab, mit dem Glas durch die Thür rechts vorn. Wenn die Thür sich öffnet, hört man deutlich den Spektakel vieler rauhen Stimmen, dann schließt sich die Thür wieder).

Dr. Lange (horchend). Ist das ein Sturm. Tausend! Hören Sie mal, Herr Poggensuhl! Der Strom rast ja ordentlich! Wer zwischen die Eisklötze kommt . . . .

Poggensuhl. Den dürften wir wohl, ohne vorgreifen zu wollen, als verloren betrachten.

Dr. Lange. Wenn uns der Sturm man nicht gleich die ganze Bude über dem Kopf wegnimmt!

Poggenfuhl. Das wollen wir doch nicht hoffen, Herr Doktor. Bedenken wir, daß dieses alte Gebäude schon viel schwerere Stürme zu überstehen gehabt hat.

Dr. Lange (nähert sich ihm mit dem Kopf, zwinkert humoristisch mit den Augen). Und Sie meinen, so'n altes Gebäude.. das.. Na, Prosit, Herr Poggenfuhl! (Trinkt einen Schluck aus seinem Grogkglas.)

Poggenfuhl (verbeugt sich). Ich danke Ihnen, Herr Doktor. Sobald Lieschen mein Gläschen...

Lieschen (tritt mit dem gefüllten Grogkglas von rechts vorn ein. Man hört wieder Spektakel, wie regelmäßig nachher, wenn die Thür sich öffnet).

Poggenfuhl. Setz hierher, mein Kind! Ich erwartete Dich bereits.

Lieschen (kichert hinter der vorgehaltenen Schürze, setzt das Glas hin, muß dabei losprusten, stürzt eilig an ihren Tisch nimmt das Strickzeug wieder vor).

Dr. Lange (humoristisch). Lieschen! Lieschen!

Poggenfuhl (feierlich). Lachst Du über uns, mein Kind? (Trinkt ein Schlückchen.)

Lieschen (verhalten). Ach nichts, Herr Poggenfuhl! (Kichert wieder.)

Dr. Lange. Wann ist Herr Tetzlaff doch weggegangen, Lieschen?

Lieschen. Es war gleich sechs, Herr Doktor. Er war den ganzen Nachmittag da.

Dr. Lange. Und wollte wiederkommen?

Lieschen. Herr Tetzlaff wollt' gleich nach Abendbrot wiederkommen. Er muß ja auch wegen der Eiswach'.

Poggenfuhl. Nun mittlerweile ruht die Wache ja in

guten Händen. Unser lieber Herr Bauführer war ja so freundlich, Herrn Tetzlaff abzulösen. Unter seinem Schutz dürfen wir uns sicher fühlen.

Dr. Lange. Ob der Strom noch steigt, Lieschen?

Lieschen. Er soll immer noch steigen, Herr Doktor.

Dr. Lange. Hast Du keine Angst, Lieschen?

Lieschen (kichernd). I, nanu! Uns kann nichts passieren!

Dr. Lange. Ei, wenn wir weggerissen werden? Wie dann?

Lieschen (ungläubig). Ach! (kichert, beruhigt sich, strickt eifrig, während draußen der Sturm heult, dann) Der Deich=hauptmann soll heut' vorbeigeritten sein.

Dr. Lange. Welcher Deichhauptmann?

Lieschen. Der Deichhauptmann auf 'm Schimmel! Die Leut' sagen . . .

Poggenfuhl. Die Sage vom Deichhauptmann dürfte Ihnen nicht bekannt sein, Herr Doktor?

Dr. Lange (schüttelt den Kopf). Sage vom Deichhaupt=mann? Nicht daß ich wüßte!

Poggenfuhl. Wir dürfen diese Sage als das aus=schließliche Besitztum unserer Weichselniederungen ansehen. Es darf uns daher nicht Wunder nehmen, daß Sie die Sage nicht kennen, Herr Doktor. Fassen wir uns kurz, so können wir den Inhalt etwa so formulieren . . Vor Jahr=hunderten bei einem Eisgang soll der damalige Deichhaupt=mann in einer Wachtbude gesessen, Karten gespielt und darüber die Eiswache vergessen haben. Dreimal soll einer von seinen Knechten in die Stube gekommen sein und ihn an seine Pflicht erinnert haben, mit den Worten: Herr Deichhauptmann, dat Wohter dat stiggt, und als er beim dritten Mal hineinkam, da soll der Deichhauptmann ihm zugerufen haben: Loht 's Di man nich änne Bächse stiege! soll der Deichhauptmann gesagt haben. Ist aber doch aufgestanden und auf den Damm getreten. Da ist das Wasser schon über den Damm gelaufen. Da soll sich der Deichhauptmann auf seinen weißen Schimmel gesetzt haben, um noch zu retten, was zu retten war. Der Strom aber hat ihn mitsamt seinem Schimmel verschlungen. Beide jedoch sollen bis heute noch leben und wenn irgendwo beim Eisgang ein Durchbruch bevorsteht, so soll der Deich=hauptmann auf seinem weißen Schimmel in der Gegend vorbeireiten und den Durchbruch anzeigen. Nach der Auf=fassung des Volkes hätten wir hierin gleichsam die Sühne für seine Schuld zu erblicken.

Dr. Lange. Und der Deichhauptmann ist heute vor=beigekommen? (Die Thür rechts öffnet sich, draußen Spektakel.)

Lieschen (fährt mit einem leisen Schrei zusammen).

Frau Jagellski (tritt herein, streitet sich noch in der Thür mit jemand draußen). Erst bezahlen! Nachher giebt's mehr! Sie haben all für 'ne Mark fünf und zwanzig verzehrt. Fritz! Daß Du dem Langen Roten nuscht giebst! Erst bezahlen! (Schlägt die Thür zu, kommt näher.)

Dr. Lange. Viel zu thun, Frau Jagellski?

Frau Jagellski. Das is 'ne Gesellschaft draußen! Lauter Totschläger. Mit den' muß man kurzen Prozeß machen. Saufen wollen se. Aber bezahlen? Komm an!

Dr. Lange. Was sind denn das alles für Leute? Da sind doch auch die Arbeiter von Herrn Tetzlaff dabei.

Frau Jagellski. J! Alles durcheinander, Herr Doktor. Die Leute von der Eiswach', mit den' geht's. Die wo von hier sind. Die kennt man doch. Aber die schlimmsten, das sind die neuen Stromarbeiter, wo nu all' angekommen sind. Wenn der Eisgang vorbei is, zum Strombau. Das sind! Gott bewahr! (Mit Handbewegung.)

Dr. Lange. Also soll angefangen werden nach dem Eisgang?

Frau Jagellski. J, natürlich! Is ja all alles abgesteckt. Is ja alles fertig zum Anfangen. Das is unser Herr Bauführer!

Lieschen. Haben die Leut' nicht erzählt, der Deich= hauptmann ist vorbeigeritten auf 'n Schimmel, Mama?

Frau Jagellski (hat sich zu Poggenfuhl an den Tisch gesetzt). J, das is ja alles Aberglauben! Ich werd' doch an sowas nicht glauben. Glauben Sie an das, Herr Poggenfuhl?

Poggenfuhl. Bedenken wir, daß wir es mit einer Sage zu thun haben, Frau Jagellski. Wie dürften wir wohl, Herr Doktor, den Unterschied zwischen Geschichte und Sage . . . .

Frau Jagellski (geheimnisvoll). Denken Sie man bloß, Herr Doktor! Der alte Herr Tetzlaff soll vorbeigeritten sein auf 'm Schimmel. Was die Leut' alles reden! (Die Thür öffnet sich, draußen gewaltiger Spektakel.)

Bauführer (tritt ein, in langen Stiefeln, beschmutzt, erhitzt, aufgeregt). Abend, meine Herren! Bande das!

Dr. Lange (einsilbig). 'n Abend.

Poggenfuhl (feierlich). Guten Abend, mein lieber Herr Bauführer!

Bauführer (Lieschen begrüßend). 'n Abend, kleines Mädchen! Na? . . . . Tolle Bande draußen! (Wirft seinen Knotenstock auf Lieschens Tisch.)

Lieschen (kichert hinter ihrem Strumpf).

Poggenfuhl. Wollen Sie sich nicht zu uns setzen, Herr Bauführer, und ein wenig von Ihren Strapazen rasten?

Bauführer (kommt an den andern Tisch). Müssen wissen, Herr Poggenfuhl, habe keine rechte Ruhe. Die Sache mit dem Strom geht mir im Kopf rum. Steigt immer noch der Strom! Un...unterbrochen. Haben bald 9 Meter! Nahezu Dammkrone! Offen gestanden! Hätte mir die Sache nicht so schlimm vorgestellt.

Frau Jagellski. J, wir haben 's schon manchmal schlimmer gehabt, Herr Bauführer. Lieschen, kannst mir mal 'n bißchen helfen! (Steht auf und geht zu den Leuten draußen.)

Lieschen (folgt ihr).

Bauführer. Und eine Nacht dabei! Rabenschwarz! Schauderhaft! Wollen doch mal hören, was uns das Telephon von oben und unten meldet! (Ab ins Nebenzimmer links.)

Poggenfuhl (zu Dr. Lange). Und Sie warten doch noch auf ihren Freund, nicht wahr, Herr Doktor?

Dr. Lange. Es dauert mir etwas lange. Hätt' ich das gewußt, wär' ich später gekommen. Na, in dieser Sturmnacht wird wohl niemand besonders Lust haben, mich holen zu lassen.

Bauführer (tritt wieder aus dem Nebenzimmer, ziemlich eilig, greift nach Hut und Stock, geht hinaus.)

Poggenfuhl (der sein Glas geleert, erhebt sich). Es wird Zeit zum Abendessen sein. Meine Laterne habe ich wohl auf den Fensterkopf gestellt. (Geht nach dem Fenster an der Hinterwand und zündet seine Laterne an.)

Hugo (tritt von rechts ein, im langen Mantel, beschmutzt, brennende Laterne in der Hand). 'n Abend Doktor! Wo ist der Bauführer, Doktor?

Poggenfuhl (mit der Laterne vortretend). Unser lieber Herr Bauführer versieht seines schweren Amtes draußen, Herr Tetzlaff! Belieben Sie noch mitzugehen?

Hugo. Ah! Unser verehrter Herr Poggenfuhl. Gegrüßt. Hörst Du, Doktor, wie der Strom raast? Weltuntergang!

Poggenfuhl (zu Hugo). Ich will nämlich mein Heim jetzt aufsuchen. Herr Doktor, ich sage Ihnen guten Abend. (Reicht ihm die Hand.)

Dr. Lange. Vergnügten Abend, Herr Poggenfuhl! (Zu Hugo.) Gehst Du noch mal raus, Kerlchen?

Hugo. Raus, ja! Noch etwas nachsehen. Einen Augenblick, Doktor. (Ab mit Poggenfuhl.)

Dr. Lange (sinnt vor sich hin, draußen heult der Sturm).

Hugo (tritt nach einer Pause wieder ein, stellt die Laterne hin). So! Ausgelöscht das Licht! (Legt ab, setzt sich zu Dr. Lange.) Da wären wir, Doktor!

Dr. Lange (wieder aufschreckend). Wir auch! Ziemlich lange sogar schon! Du siehst, ich hab' Wort gehalten!

Hugo (in gedämpftem Ton, wie das ganze folgende Gespräch). Wort gehalten, das freut mich von Dir, Doktor! Daß wir mal wieder zusammen sitzen, wie in alter Zeit!

Dr. Lange. Das wird wohl noch öfter passieren, hoff' ich. Uebrigens seit gestern Abend noch nicht so lange! Also das Neueste! Den Kerl bist Du los, hör' ich)!

Hugo. Den Kerl sind wir los! Vollständig und für immer! Heute Morgen abgefahren mit seiner Frau!

Dr. Lange (ihm auf die Schulter schlagend). Mann, unbedingt das Beste was Du thun konntest unter den Umständen! Reinen Tisch gemacht! Die Leute wissen jetzt, was sie an Dir haben! Offen gestanden! Ich hätte Dir das nicht zugetraut!

Hugo. Ich mir auch nicht!

Dr. Lange (vergnügt). Doch mal ein Kerl! Na, darüber sprachen wir ja schon. Ich sage Dir, ich habe mir heut' den ganzen Tag über den Bauch voll gelacht. Und Deine Schwarzseherei... Das wird sich schon alles machen. Jetzt hab' ich Hoffnung.

Hugo (weist nach draußen). Hörst Du den Spektakel draußen, Doktor? Das sind die Arbeiter für den Strombau und meine Leute mitten drunter. Vorzeichen, Doktor! Jetzt wird es Ernst.

Dr. Lange. J, was! Schlag Dir das aus dem Kopf. Deine Leute kennen Dich jetzt, wissen, daß Du thun wirst was Du kannst! Jetzt einige Dich mit Ihnen. Gieb Ihnen so viel Du kannst. Wenn's besser kommt, giebst Du mehr und so allmählich, allmählich führst Du Deine Ideen in Deinem Kreise durch! Denkst Du, dafür haben die Leute kein Einsehen?

Hugo. Bis dahin aber, Doktor? Bis dahin zahle ich immer noch Hungerlöhne. Dabei bleibts doch, oder nicht? Was mal kommen kann, das hilft mir nichts! Und den Leuten auch nicht. Wären dumm, wenn sie darauf warten wollten. Ich will jedenfalls **nicht** drauf warten.

Dr. Lange. Was willst Du eigentlich?

Hugo (steht auf, geht einmal auf und ab, kommt wieder an den Tisch, etwas pathetisch). Hast Du die Menschen nebenan gesehen, Doktor? Die Menschen mit den niedrigen Stirnen und mit dem Schnapsdunst? Siehst Du, da haben wir die Knechtung von Jahrhunderten. Noch mit helfen dabei?

Dr. Lange (ernst). Du sollst mithelfen, Kerlchen, daß es **besser** wird. Was Jahrhunderte auf dem Gewissen haben, kannst Du nicht an einem Tage gut machen. Ich bleibe dabei. Die Sache muß **allmählich** gemacht werden. Langsame, aber durchgreifende Heilung! Sind immer die günstigsten, kann ich Dir versichern, vom medizinischen Standpunkte.

Hugo (setzt sich, plötzlich mit Nachdruck). Ich bin's müde, Doktor.

Dr. Lange. Kerl, Du hast nicht müde zu sein. Du hast auf Deinem Posten zu stehen. Jetzt frag' ich mal, wo sind Deine Ideen?

Hugo. Meine Ideen? Hm! Meine Ideen werden weiter leben.

Dr. Lange. Und Du selbst mit. Ja, das versteht sich. Oder... Sag' mal, was soll das eigentlich heißen? (Fixiert ihn.)

Hugo. Weißt Du noch, Doktor, was Pussel zu sagen pflegte, wenn er seinen großen Moralischen hatte? Ich habe keinen Mumm. Zu nichts mehr. Absolut nichts mehr!

Dr. Lange (erhebt sich, geht kopfschüttelnd auf und ab, halb für sich). Wo sitzt das nun? (Bleibt plötzlich vor Hugo stehen.) Sag' mal, Mann, kommt das von Deinem Vater?

Hugo. Von meinem Vater! Getroffen, Doktor! Vorzügliche Diagnose. Fall von Rassendegeneration! Kannst Du mich darauf behandeln, Doktor.

Dr. Lange (zuckt schweigend die Achseln, geht auf und ab).

Schweigen.

Dr. Lange (vor Hugo). Gieb Dich in meine Behandlung. Wir wollen's darauf versuchen. Man muß versuchen. So lange der Patient noch einen Atemzug im Leibe hat, kann man hoffen.

Hugo. Und so weit sind wir ungefähr, willst Du sagen?

Dr. Lange. Einbildung! Krankhafte Ueberreizung. Sollte mit dem Teufel zugehen, wenn sich das nicht kurieren ließe. (Wieder vor Hugo.) Sag' mal, wenn Du an die Zukunft denkst, Kerlchen, fährt Dir das nicht in die Knochen? So...! (Schüttelt seine Arme.)

Hugo (lächelnd). Ich beneide Dich um Deinen Glauben, Doktor.

Dr. Lange (setzt sich hin, Faust auf dem Tisch). Ich glaube an die unendliche Weiterdifferenzierung unserer Gattung! Das ist meine Religion! Hätt' ich das nicht, dann ginge ich in die Weichsel draußen!

Hugo (steht auf). Und darum... (Bezwingt sich, ruhig.) Wir zweifeln schon manchmal daran und darum kommen wir uns manchmal selbst schon zweifelhaft vor. (Deutet auf seine Stirn.)

Dr. Lange (drückt ihn auf den Stuhl nieder). Jetzt haben wir genug mit dem Thema, Mensch! Ich nehm' Dich in meine Behandlung, damit basta! Wir fangen gleich an. Vorläufig noch sehr irrationell. Du bestellst Dir 'n Glas Bier, damit Du auf andere Gedanken kommst.

Hugo. Grogk, Doktor, Grogk! oder Punsch! Das gehört zum Eisgang.

Dr. Lange. Kann ich nicht billigen. Uebrigens, da wir gerade vom Eisgang sprechen, wie stand's damit vorher? (Horcht.) Das schollert ja ganz gefährlich!

Hugo. Ich sage Dir, Doktor, der Strom geht furchtbar hoch! (Ruft.) Frau Jagellski!

Frau Jagellski (öffnet die Thür). Haben die Herren gerufen? (Nach außen.) Schlafen sich man lieber aus, Engelbrecht, Sie haben schon genug geladen!

Hugo (laut). Frau Jagellski, Glas Grogk, aber werderanisch! Wollen unserer Heimat Ehre machen.

Frau Jagellski (schon halb wieder draußen). Schöön, Herr Tetzlaff! (Ab.)

Hugo (nach dem Fenster deutend). Ich stehe Dir für nichts draußen. Ich kenne meine Weichsel. Bekommen wir eine Stopfung, dann haben wir die Katastrophe.

Lieschen (kommt herein, bringt Grogk, hinter ihr)

Frau Jagellski (eifrig). Nu soll man so 'm Menschen noch was geben. Duhn, daß er kaum stehen kann! In Straf' kann man noch kommen!

Hugo. Wer ist duhn? Wer ist so vernünftig, Frau Jagellski.

Frau Jagellski (ärgerlich). J, der Engelbrecht, mit dem is ja all ganz alle.

Hugo (erstaunt). Engelbrecht auch da? Schau, schau, also jetzt . . .

Frau Jagellski. Jetzt is er Stromarbeiter geworden! Wie 'n Mensch so runterkommen kann! Nein! (Die Thür rechts öffnet sich, Spektakel, zahlreiche neugierige Köpfe.)

Engelbrecht (schwankt hinein, heiser). Frau Jagells.. ki, 'n Schnaps!

Frau Jagellski (auf ihn zu). Was wollen Sie hier? Raus!

Engelbrecht (lallend). Werd .. doch wohl noch ... hier ... r .. r .. einkommen können? Da hab' ich auch gesessen!

Frau Jagellski. Nu machen Sie man, daß sie rauskommen!

Engelbrecht (schon in der Thür zu Hugo). Kann Ihn .. auch passier...

Frau Jagellski (mit Engelbrecht ab).

Hugo (galgenhumoristisch). Kann uns auch passieren. Jawohl! Mal Besitzer gewesen! Kollege, der Mann!

Dr. Lange (ernst). Ich weiß, ich kenn ihn.

Hugo (trinkt Lieschen zu, die sich auf die Polsterbank nahe dem Tisch gesetzt hat). Profit Lieschen! Bist mein kleiner Schatz, was? Giebst mir einen schönen Kuß!

Lieschen (kichert, hält die Schürze vor). Ach Sie reden auch immer, Herr Tetzlaff. (Rennt an den Nebentisch.)

Hugo (trinkt, leert das Glas mit einem Zuge, setzt es hin). So! Aus!

Dr. Lange (legt die Hand auf seinen Arm). Jetzt aber genug, Kerl!

Hugo. Jetzt genug! Jawohl! Weißt Du, Doktor, hier hab' ich manchen Eisgang mitgemacht. In meiner Jugend, mit meinem Vater.

Dr. Lange (horcht nach draußen). Kerl, das kommt mir immer schlimmer vor! Hör' doch mal!

Hugo (horchend). Das gurgelt! Die Sünden der Vergangenheit, Doktor! (Horcht wieder, springt auf.) Da draußen passiert was! (Draußen entsteht plötzlich Geschrei und Lärm. Thürenschlagen.)

Bauführer (stürzt hinein, außer sich). Stopfung unterhalb! Strom steht! Steigt rapid! (Stürzt ins Nebenzimmer. Man hört das Lärmen der Arbeiter im Gastzimmer.)

Hugo (fest). Kasten schlagen! Alle Mann ran! (Greift nach seinem Hut, dreht sich nochmals um.) Doktor, unsere Väter! Das kommt über uns!

Bauführer (aus dem Nebenzimmer zurück). Stopfung bei Sedlinken. Halbe Meile unterhalb. Mit allen Mann und Pferden gearbeitet! Damm nicht zu halten, wenn die Stopfung nicht bald gehoben wird.

Hugo. Und Ihr Stromprojekt oberhalb, Bauführer? Wenn der Strom unterhalb durchreißt?

Bauführer (aufgeregt). Malen Sie den Teufel nicht an die Wand, Herr. (Eilig ab.)

Hugo. Malt sich schon selbst. Prophezeihung! In einer halben Stunde hat der Strom ein neues Bett.

Dr. Lange. Nun wollen wir mal sehen, was Kerls, wie wir können. (Alle ab, außer Lieschen, welche ruhig weiter strickt. Draußen heult der Sturm, dazwischen Kommandorufe und Eisschollern. Einige Augenblicke Stille.)

Frau Jagellski (stürzt wie wahnsinnig hinein, schreit) Laternen! Laternen!

Lieschen (springt auf). Unglück, Mama?

Frau Jagellski (kann kaum sprechen). Ertrunken! (Macht krampfhafte Bewegungen, rennt im Zimmer umher.)

Lieschen (entsetzt). Wer? Wer? Sag' doch! Herr Tetzlaff? (Fängt plötzlich an zu weinen.)

Frau Jagellski. Keine Laternen? (Stürzt ins Nebenzimmer.)

Dr. Lange, Bauführer und Leute hinein, schreien nach Laternen.

Frau Jagellski (bringt Laternen, noch immer außer sich. Einige Leute mit Laternen ab.)

Frau Jagellski (etwas ruhiger). Nichts?

Bauführer. Nichts zu wollen! Versunken vor meinen Augen! Muß in der Dunkelheit ausgeglitten sein.

Dr. Lange (hat sich einen Augenblick auf einen Stuhl gesetzt, steht wieder auf). Und der Strom fällt?

Bauführer (erleichtert). Fällt! Ja! Stopfung muß gehoben sein. Bei allem Unglück wenigstens ein Glück! Was wär' das geworden? Nicht auszudenken! Das ganze Stromprojekt! Wollen doch mal hören, wie's unten geht! (Ab, ins Nebenzimmer.)

Dr. Lange (murmelt vor sich hin). Leb' wohl, Kerl! Gehst ins Meer mit dem Eis.

Frau Jagellski. Das arme Fräulein! Wenn die das hört!

Dr. Lange. Fräulein Tetzlaff werd' ich's melden gehen. (Nimmt seinen Hut. Ab.)

Bauführer (aus dem Nebenzimmer, sinkt gebrochen auf einen Stuhl, sprachlos). Durchgerissen Unterhalb! Bei Sedlinken! Strom und alles Eis durch! Können quittieren! Unser Projekt! Unser Projekt!

(Die Stube hat sich mit Leuten gefüllt.

Ruttkowski (darunter, beobachtet den Bauführer, plötzlich in betrunkener Wut drohend). Schorskrät, komm' an!

Vorhang.